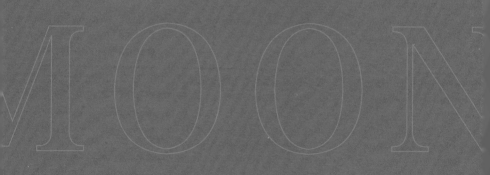

蓝月亮 红月亮

韩树俊 — 主编

文汇出版社

林嘉毅

朱徐雨

殷越

韩林彤

张瀚洋

蓝月亮 红月亮

Lanyueliang

...... Hongyueliang

向敏琪

梁月轩

张凌哲

陈若雯

张田

祝 林彤 小朋友
成长幸福！
　　　　梁晓声
　　　2016. 12. 15
　　　北京

祝 徐雨 同学
写作实践不断
进步！ 梁晓声
　　　2017. 7. 15
　　　北京

红彤彤
劲智慧
贺仁
2018.12.15

虞伯新小友
相信自己.
李硕儒
2022. 7. 4

霞光一样绚丽而鲜活

韩树俊

苏州这所城市的魅力表现在方方面面，生长在这所城市的孩子们，备受江南文化的熏陶和时代精神的激励而茁壮成长，有其独有的魅力。小荷才露尖尖角，入选《蓝月亮 红月亮》的十位05后苏州文学少年朝气蓬勃，他们的文字绚丽而鲜活。

林嘉毅的散文诗《扬州行》，一个少年站在时代的潮头，挥舞大笔书写"大江东去广陵潮涌""苏州、扬州、徐州三城一线，筑起江南运河经济文化黄金带"的联想，把古之扬州和今之扬州相融在澎湃激情之中，交汇起运河沿岸三城市，激荡出时代的颂歌。

"总想要策马扬鞭，在草原上驰骋，一直奔驰到自己从未到达的地方"，《天山下的牧羊人》笔下围着篝火跳舞的女孩景象暖心，而一旦羊群被狼叼走，"他转过身，望向了黑暗中的羊圈……"牧羊人必将有一场与狼共舞夺回羊群的拼搏。而《林海猎人》更是赞美了山地猎人深入狼窟与狼厮杀的坚毅与勇敢。林嘉毅的西部之行关注了西部土地上的牧羊人和林海猎人，字里行间荡气回肠。而他的江南回味则静水流深，叮咚泉响。

朱徐雨清新浪漫的文字里有英吉利海峡沉重、咆哮，温柔、悠闲，欢快、雀跃多种景观，有腾格里的篝火、沙漠上的星星、

贺兰山精灵，有黄河畔古村落的苍茫古朴，当然也不乏江南时光追逐的一抹竹香。

13岁女孩殷越的散文诗多次被《湖州晚报·散文诗月刊》和《参花》《西部散文选刊》等选用。殷越已经初步把握了散文诗的语境与结构，她的散文诗内涵丰润，语境优美，有自己独有的视觉和情感——

鲸太善良。

忽略陆地对它的排挤，忽略时间造成的伤口，忽略鱼儿吐着泡泡的嘲笑。

它还有很长的旅途要完成。

执着的鲸，悄悄将眼底的寂寞和不堪，化作尘埃丢向海底。

——《鲸》

过于长久的沉寂，令这里失去了曾经的辉煌，莫高窟摊开手，将历史毫无保留地展现于人们。

顺着墙壁，我摸索到了几千年古人文明的结晶。

褪去的鲜艳从不失庄重与优雅，古佛慈祥地俯视众生，永不改变的似将这一切烦恼抛于脑后的微笑。

恍惚间，我听见壁画上手抱琵琶的飞天仙子，唱起了动人的乐曲。

——《敦煌莫高窟》

想象奇特，有意境，有诗意，物我合一，不仅自己沉浸在诗意的境界之中，还把读者拉进了那奇妙的境界，她的散文诗创作已崭露头角。

而她的《梦一场》是她坚持日记加记梦新的练笔尝试的收获，

诚如"梦幻叙事"的实践者、知名作家张鲜明所说,"这个梦记得十分的好,有完整的故事和具体的情节,细节也很到位。特别可贵的是,它完全是梦幻逻辑,体现了梦的真实性"。坚持日记与记梦的训练,是积累题材的好方法,尤其是后者,利于创新思维的拓展。

张瀚洋同学的小说《胖小宝之天宫大冒险》以神奇的想象生动地讲述了一个冒险故事。

暴脾气的胖小宝从神秘巷出发阴差阳错被下凡巡游的玉皇小帝带到了天庭。胖小宝漫游瑶池,为所欲为,不料落在恶气神的手中,被利用去刺杀玉皇小帝,恶气神借机篡夺大权策反宫廷。玉皇小帝防备在先,变身侍卫逃过一刼,计谋营救胖小宝。玉皇小帝下凡后,几经波折终于找到胖小宝的四个好朋友,以打快板的方式宣布计划,一同登天营救胖小宝。玉皇小帝一行五人偷袭天宫,斗臭鼬,巧妙对付猴子将领,痛打毒蛇统帅,勇斗狮子大将,机智而勇猛地冲进天牢,救出胖小宝。暴脾气的胖小宝感动得直说:"我之前一直向你们发脾气,你们不计前嫌,还来救我,我真是太感激了。"一场"蟠桃之战"把恶气神之流杀个落花流水。玉皇小帝稳坐神坛,正义又回归了天庭,众神一路欢送胖小宝等人间英雄打道回府。

小说塑造了玉皇小帝及胖小宝和他的伙伴们天堂与人间的英雄形象,表达了正义必将战胜邪恶的主题。整篇情节曲折离奇,引人入胜。我们鼓励孩子们这种充满奇思妙想的练笔与发挥。

江南是写不尽的题材。向敏琪的笔下,菱池如镜净无波,带你去品尝樱桃花开和阿婆的淡泊人生。作者将江南风情融进了她生活中平凡的人与事,就像绘制了一幅淡淡的水墨画。

也写诗,"我等候着能够救赎我的一次感动 / 一份不甘而又渴望的平庸 / 我等候着任何灿若樱花的爱意 / 准备接受月光下眼泪的洗礼"。向敏琪的诗作《等候着》揭示了当今青少年一代内心的痛苦、无奈与渴求解脱、放开自我的思考与个性。"我只是不想那么努力 / 努力得没有目的，没有自己 / 仿佛是为了打败别人才努力 / 我等候着为自己的随遇而安付出点什么 / 我真的不想去争，争着长大"，这样的语言出自内心。

收录于本书年龄最小的是一位苏州籍十龄童上海小学生韩林彤。一株小草，一株小小小小小草。就凭一首三部曲的童诗《眼睛》，就值得收录。就凭山地行中一句"我还跟狗聊天呢……不料被狗骂了一通"这样的自我感觉与富有童趣的个性表达，就值得收录。

爸爸的眼睛里有胖达 / 胖达的眼睛里有妈妈 / 妈妈的眼睛里有爸爸 // 爷爷的眼睛里有奶奶 / 奶奶的眼睛里有爷爷 // 可乐的眼睛里有谢雨荷（幼儿园中班时口述，"可乐"是幼儿园同班一男生，"谢雨荷"系班上一女生）

童心看世界，这首小诗以"眼睛"为题，以"眼睛"为线索，将家庭成员、同学之间的种种微妙的关系巧妙地呈现出来，诗中蕴含了暖暖的爱意。诗歌评论家单占生特别赞扬小作者的结构能力，说小作者的三段文字，正是从三个不同的方面，再现了一个孩童眼中的人际关系，已经有了诗歌结构初步的概念。

张静兮是同年龄小作者中文章最出彩的之一。《与星星的约定》想象神奇，景象唯美，"47枚火箭筒绑在一张木椅上"坐着一个瘦高的男人原来是明代"飞天第一人"，而今《东方红》乐曲在广阔太空中奏响，酒泉卫星发射中心火箭成功升空，成了小作者放飞梦想的优美文字。《这个不曾有的春天》有了社区志愿者的抗疫坚守更显美丽，纪念老姥爷百岁生日、四十年家庭生活变化倍感温暖，《一袭白衣鏖战，满城樱雨颂歌》更把笔触伸向抗疫第一线，小作者贴近现实的抒写让文章更具深意。

陈若馨的笔下，金鸡湖的水与天、昼与夜，古镇的老街与巡塘河，乌黑锃亮的瓦与洁白如雪的墙，还有那被藤蔓遮掩的密道、鹅卵石铺陈的小路、幽静绽放舒展的水中仙子，满满的江南风味。

虞伯轩的《老君山"奔流"记》记录的是一次文学之旅，在作家班与大师零距离，在云景竹舍与山水共呼吸，在博物馆与时空对话。小作者努力培养自己的观察能力，有了观察，才能看到一路山水，看到一路风光。

读张凌哲专辑，你会觉得，他就是一个与众不同的真实的他，他的文章，没有一点作假，更不要说矫揉造作、无病呻吟了。张凌哲是小小男子汉，他可以在别人苦思冥想赶文章时笃悠悠地做自己的事情，也可以在一个月内把全部书稿干完。

《温暖，就这么简单》，他的笔下，温暖，也许只是一句普通的问候，也许只是一种信任的眼光，也许只是一个回头的瞬间。暂停吉他练习，他感悟"坚持努力后的停下不是放弃，都不曾拼搏过，那才是放弃"。没有理由让自己的生活停下来，"可贵的坚持"更显得"可贵"！张凌哲是一个善于思考的小作者。

直接聆听作家谈自己的创作体念，这对于孩子们的文学启蒙与成长有很大的促进作用。陈若馨写了与作家曹文轩、黄蓓佳以及中科院院士零距离，虞伯轩更是聆听了李佩甫、王剑冰、李春雷等知名作家的讲座，朱徐雨与大家梁晓声零距离，韩林彤获得了梁晓声、高洪波、王宗仁、鲍尔吉·原野等多位著名作家，以及著名画家杨明义的题词与鼓励。文学大家、中科院院士、名画家的提携让文学新苗茁壮成长。

法国著名文学家巴尔扎克曾经说过："童年原是一生最美妙的阶段，那时的孩子是一朵花，也是一颗果子，是一片懵懵懂懂的聪明，一种永远不停息的活动，一股强烈的欲望。"十位小作者在一生最美妙的阶段留下的文字，足以让他们记忆一辈子，温暖一生，字里行间透露出的"一片懵懵懂懂的聪明"霞光一样绚丽而鲜活，愿其照亮他们前行的路。

韩树俊，江苏省作家协会会员，中国当代文学研究会校园文学委员会首届常务理事。

目录

林嘉毅专辑

作/者/简/介：

　　林嘉毅，2005年4月生于苏州，江苏省苏州实验中学(南京大学苏州附属中学)高三学生。西部散文学会会员，苏州高新区作家协会会员，获苏州高新区作家协会2021年度最佳新人奖、"潇洒桐庐"长三角青少年散文大赛铜奖。在《中国作家》《奔流》《西部散文选刊》《校园读者》《湖州晚报·散文诗月刊》《苏州日报》等报刊发表诗文，入编《世界华文散文诗年选》。

扬州吟

一

北风凛冽，破残军旗猎猎作响。血流成河，邗国大地一片狼藉。

丢盔卸甲，硝烟弥漫，遮云蔽日，惨不忍睹。夫差站在尸体隆起的高地，衣襟飘飞。仰天大笑，挥剑东指："此地筑邗沟，通长江淮河，挥师北上，问鼎中原！"银色宝剑闪出阴寒之气。回首又道："人道邗地玉树琼花天下绝，在朕邗城殿后辟一园子，朕北平中原归而赏花！"

二

御花园中，暖风熏人。杨广信步园中，满眼飞琼淡泞，玉树琼花。

"白嫩之间透着些许金黄，青蓝之间附着点滴嫩白，此为何花？"

"禀告皇上，此乃江都郡扬州聚八仙，实名琼花。"

"我天朝大国，有如此美丽之物，朕要亲下扬州赏花。即日起，开凿运河，直通江都！"说罢大笑，"嘻！谁能及我之昌盛？"

三

"国，四方围固之城也。或，有人家，有车马，有兵戈。

正如这扬州城，罗城内，宫室具备，市井俱全，二十四桥沟通内河，即为车马人家。旁有子城，护城，屯兵操练，即为兵戈。此之谓或。十二城门，千里城墙，即为四方之围固。此，之为国。扬州城就依此而建，诚然妙哉！"杜牧大笑，举杯敬上韩绰。觥筹交错之间，明月朗照。韩绰执箫在手，一曲《妆台秋思》吹破秋风，拂起水波粼粼，箫声如怨如诉。杜牧把酒临风，披衣上马，不禁泪下，长叹道："青山隐隐水迢迢，秋尽江南草未凋。二十四桥明月夜，玉人何处教吹箫。"转头见明月挂桥头，月光照在静谧的扬州内河市井。

四

"扬州月亮城，如此明月，怕是也有阴晴圆缺吧！"欧公手执酒杯，立大明寺堂前，一饮而尽。忽而远望，青须颤动，凭栏远眺，江南诸山竟能尽收眼底。这厅堂似在云雾之中，与山齐平，浮云左右。雾气来了，山色就隐去。温柔的日光晒下，江南第三都的美景一览无余。欧公凭栏良久，方开口道："此地盛景，应有平山堂。"

三十年如云雾，飘过平山堂。东坡立堂前，望老师题下的"平山堂"三字。回望恩师手植欧公柳，垂泪堂前，转身叹道"百年随手过，万事转头空"。题一曲西江月，拂袖向湖州。

"落叶正飞扬子渡，行人又上广陵船。"登临栖灵塔四望。冬日的瘦西湖畔仍是杨柳依依，青色满园。右

望，是当年吴王挥剑东指建城之地，隋炀帝仓促下葬之地，欧公东坡三十年梦中相遇之地。左望，扬州古城墙断垣残瓦，仍有彩旗招展。街坊林立，河道间小桥横跨。若是华灯初上，明月挂树梢，箫声又起，水波荡漾。又是依依惜别情，马蹄声声，飘然而去。

而今江南第三都的传奇仍在扬州延续。苏州、扬州、徐州三城一线，筑起江南运河经济文化黄金带。

大江东去广陵潮涌，冲积出扬州平原，积淀了淮扬文化底蕴。钟磬声声响彻夜空，余波阵阵萦绕心头……

（原载《西部散文选刊》）

天山下的牧羊人

一

勒马于野花满地的半山腰上，缤纷铺满了一望无际的山坡，绵延至远在天边的彼端。他卸下马鞍，拭去马身上的汗水。他和马从家里出发，已经跑过了三十里地，就在野花地毯的那头，山势忽然走低，形成了一个河谷，那里是祖祖辈辈秋冬季转场的牧羊地。

二

春日的清风拂过天山脚下的每一寸土地，哈萨克族的牧民们开始了春季转场，绵羊沿河而行，一大队簇簇拥拥，似是一面白色的旗帜缓缓飘过绿色的草原。几个放羊的汉子骑在高马上，手中挥扬着皮鞭，或策马奔腾、或任马慢行，构成一幅温馨无比的图画。

他没有跟两个哥哥一起去转场，家中母亲年老而多病，不能随他们一起转场，而天山下的冬冷得让人几乎无法动弹。风裹着雪花从两山之间呼啸而来，强劲又干冷，吹在人脸上就像是小刀在一点一点地刮着，而他的家正位于山口之间，他必须照顾母亲。冬去春来，难熬的冬天被和煦的春风吹走，又迎来了一个希望的季节。夜晚，他常常坐在羊圈围栏的木桩子上向远方眺望。远处的山坡上还有厚厚的积雪，这里的山在春夏季会变得十分有层次感：当冰雪融化，山脚下到半山腰生长的绿草野花都冒出头来，低矮的植物遍布山间。在海拔攀升的同时，这些植物渐渐褪去，取而代之的是坚毅挺拔的松树，那些树在抖落了冬季沉重的积雪之后重新焕发出一年四季都郁郁葱葱的绿色，拥簇在一起，竞相向上伸张。而当海拔进一步攀升时，终年不化的积雪覆盖了一切植被，唯有大块大块的岩石矗立，唯有金雕飞到那山巅，盘旋降落，稍作停留后急速俯冲下来。每当看到金雕俯冲时，他总想要策马扬鞭，在草原上驰骋，一直奔驰到自己从未到达的地方。

　　昨夜，他同往常一样在空空的羊圈边坐着，听着远方村落传来的哈萨克风笛声。笛声悠扬，飘荡在晚风中，听到后来，他几乎都不能辨别笛声传来的方向，只觉得山谷之间回荡着那美妙的笛声，让他想起远在山彼端的兄弟们和他们的羊。他闭上眼睛，想着参与转场时那样风趣的场面。河谷地方不大，有三四个家族都在那里放牧，那是他们一年中唯一的社交场面。夜晚，在河谷边升起篝火，女孩子们围着篝火跳舞，汉子们或打节拍，或跟着一起跳，或喝酒打趣，那样的夜晚好不热闹。而今夜，只有悠扬的笛声相伴，虽悦耳，但依稀少了一点激情与活力。远方的笛声渐渐淡去了，取而代之的是近而急促的马蹄声。他睁开眼，只见一人一马飞驰而来。他起身招呼，那汉子看到他，立马勒住缰绳，飞身下马。他借着月光依稀辨认出来者，那是另一个村落的男子。很显然，他是从冬季牧场而来，从他的马嘴角渗出的唾液可以看出，它几乎跑了一整天。来者一个箭步抢了上来，一把拉住他的手，把他往自己的马上拽。他趔趄了两步："发生什么事了？"汉子艰难地咽了口口水，声音沙哑得像是粗糙的砂皮纸："羊群遭狼了。"

三

他坐在野花遍布的草坪上，望着远方的山，山顶终年的积雪反射着太阳光，正直射向他。他立即移开视线，转而看向那些耸立的松树。他想象着自己穿梭在深林中，饮雪山融水，与松鼠为伴，享山间微风拂面，或许夜晚也能听到远处传来的笛声，那是何等的享受……他的思绪飞扬在深林之中，正随山间微风在山林之间飘荡之时，骤然地停滞了。他忽然想到山林之间的狼群，以及那些他所见过的血腥的狼群杀戮的场面，再想到前日报信者那苍白的面孔，似乎全身都抽搐了一下。他立马站了起来，慌张地四处张望，最终视线停在了山的那端。他向山上跑了一段路，希望能够在高处眺望到河谷那边的情景。但毕竟太远，远方的山峰遮挡住了他的视线。他跌坐在地，看着不远处小溪处喝水的马儿，脸上几乎流下泪来。那一批羊是自己和家人一年的生计，一圈羊可以勉强维持他们一年的开销。他永远不会忘记那一年的暴雪，转场地的所有房屋全部被压塌了，羊冻死了一百来头，接下来的那一年是多么艰难才得以度过，他再清楚不过了。那样的饥饿感，那样的压迫感，对于一个青春期的少年来说是难以承受的。他甚至不止一次地想要杀掉一头明年要去卖钱的羊来填饱自己的肚皮……那段难熬的岁月今日似乎又在眼前了。

四

再次启程之时，已是黄昏。远处的云如丝带一般缠绕在高耸的山头，被落日染得橙黄。马儿沿着山势下降的方向一路疾行，他伏在马背上，想象着自己如金雕一般从高处俯冲下来的场景。他闭上眼睛，听着从脸颊边呼啸而过的风声，他将那想象成千米高空中夹杂着雪花的寒风，自己似乎在追着风去的方向，轻盈而不乏激情。

　　忽然，马的脚步放缓了，地势似乎也平坦了起来，睁开眼，天空中已是繁星漫布。伊犁河那湍急的水流提醒牧羊人已经身处河谷之中。他四处张望着，忽见前方的河岸上有点点火光，便立即策马扬鞭，向着火光的方向飞奔。

　　越来越近了，蒙古包的顶棚都依稀可见，火光之间似乎也有人头攒动。忽然有一刻，他几乎要从马背上跌落。他见到一座座空空的羊圈，一座座空空的蒙古包，就连生起篝火的木炭上都已经蒙上了一层新雪。马放慢了脚步，一直走过半个河谷，一直到火光的源头。那是一团篝火，火焰在跳动着，远看似乎是一团橙红的丝带舞动着。他缩着脖子，用机警的眼光打量着这座蒙古包。他故意不去看旁边的羊圈，他害怕看到遭狼之后那可怜的羊的数量，不敢直面新的一年中自己将要面临的苦难。他很快就识别出这座蒙古包的主人正是自己的父亲和两个哥哥。他下了马，径直走向蒙古包的门口。蒙古包的门正对着羊圈，他用眼角的余光瞟到羊圈中有白色的羊头在游弋，仍不敢直视。蒙古包越来越近了，他也似乎能听到其中传来的人声，那些声音他再熟悉不过了，是他四个月未见的父亲的声音，还是那样的深沉。

　　他忽然不敢进入蒙古包了，腿似乎陷入了流沙，越想向前挪动越是艰难。他的心中似乎空荡荡的，什么都没有，原本急切地想要同家人见面的激动也消失殆尽，剩下的只是无限的悲凉和失落。他在羊圈的木桩围栏上坐了下来，听着河谷里那湍急的水流声，身后亦有轻微的羊叫和羊与羊之间相互碰撞发出的声响。蒙古包内的人似乎丝毫没有发现他的到来，还是轻声地交谈着，配合着门口一团篝火发出的噼噼啪啪的声响。他的心渐渐地平静了下来，渐渐地耳旁又依稀响起了笛声，那样悠长，但又那样缥缈，似乎遥不可触。

　　他的心似乎沉了下来，这些声音交织于一处，让他感到无比的满足和安慰。他站了起来，面向那团跳动的火焰，借着从蒙古包内折射出来的灯光，似乎能看到其中人影的晃动。此刻，他的心似乎充实了许多，当下的一切都让他感到前所未有的慰藉，那是多么富有诗意的生活，那些奔跑的激情，那些夜晚的寂静……

他的心似乎燃烧了起来，夜晚刺骨的寒风也不再让他感到寒冷。他迈开大步走向蒙古包，蒙古包内的谈话声渐渐地响了，人影也向门口挪了过来，那团火似乎也燃烧得更加猛烈了。

他转过身，望向了黑暗中的羊圈……

（原载《奔流》）

点亮草场夜的灵梦

郁绿草原之上，
连绵群峰之下，
星星点点的蒙古包，
如被天女撒下的白色花瓣，
飘落在山底的浅滩旁。
而那些如红花遍布山间的，
是他的喀纳斯红羊。
他附身于骏马之上，
奔驰如风，
疾行如影。
万籁俱寂，
阵风送来驼铃声声，
似是与空中点点星光为伴。
河水流淌在他的指尖，
抬头，群山之间似有点点微光，
他知道，
是家乡的烛火，
在点亮他在草场一夜的灵梦。

林海猎人

一

闪耀，迷离，晕眩……

彻骨的寒意让杨开岳骤然从沉睡中惊醒。他揉了揉眼，手上缠着的绷带里渗出缕缕殷红。他撑着身边的石头试图缓缓地站起来，却几次跌坐下去，全身的筋骨就像散架了一样，肌肉也没有一寸用得上力。他紧张地环顾着四周，四处都是静谧的山间清晨常见的景象。声声鸟鸣伴随着风吹树叶的声音，清脆而又悠扬，在平常打猎时听来，简直是天籁之音，而现在却截然相反，一丝丝声响在他的耳朵里都被放大到轰鸣，他从中疯狂地寻找着一种声音——狼嚎。

……

二

四年前，他和父亲以及另外两位兄弟进山捕猎，捕猎正酣之时，一群狼从山坡上冲了下来，将他们冲散。他一直跑到山谷的河边才摆脱狼群，气喘吁吁地瘫坐在河滩上，他听见山林中凄厉的狼嚎声，似乎还夹杂着人声。他的心提到了嗓子眼，心中默默为父亲和兄长们祈祷，希望他们能够平安无事。忽然，狼嚎声停下了，山林又重归了寂静，只剩下风与树叶的交响曲还在重奏，他顺着河岸向他们被冲散的地点走，忽然，他隐约看到丛林里有人影晃动，他眼前一亮，一边呼喊着一边向那个人影奔去。到了近处，正是自己的二哥。他一把抱住二哥："爸爸和大哥呢，他们都在哪？"二哥呆滞地看了他一眼，从身后的树下抽出三把猎枪，每把枪上拴着一个水壶，他一看就知道，那正是两个哥哥和父亲的物品。他缓缓地抬头盯着二哥的眼睛，面部的肌肉抽搐起来，一把抓住了二哥的衣袖，二哥躲闪着他的眼光，把其中一把枪塞到了他手里："爸临死前说，咱刚打死的那条狐狸不是狐狸，是头小狼，狼群是来报仇的……没等说完就咽气了，大哥也被狼拖走了，我趴在树上打狼，可它们太多了，没办法救下大哥……"说至此处，他的眼泪如瀑布般滚落，纵横在他粗糙的脸颊上，他仰望着天空，咬牙切齿地喊道："狼！我今后就只打狼！这窝狼什么时候死绝，我杨正岳什么时候瞑目！"说罢，他甩开弟弟的手，提起两把猎枪，径直走向山上。杨开岳用手抹了一把泪，拽起地上的那把猎枪，和自己的枪一起背在背上，和哥哥一起上了山。

一猎就是四年。

根据杨正岳回忆的数字，那时候进攻他们的狼一共有18头，都有明显的特点，他们的眉心有不同于别的狼群的一撮毛，或白或棕，其中一头眉心毛泛紫的狼是头狼，他们到现在都没有猎到这头狼。四年，他们一共打了23头，这次进山，他们的目标就是彻底消灭这窝狼，根据杨开岳的观察，这群狼只剩下不到5头，蜗居在山口，狼窟上有一棵大树，很好辨认。

三

今天早晨，他们从营地出发，前往山口的狼窟。大雪接连下了三天，远处的山头银装素裹，头顶的松树上落满了白雪，枝条都被压弯，时不时有雪从树上滑落，落在地上四散开来，立即融入了大地的怀抱。脚踩在雪地上，雪深至脚踝，每走一步都十分费力，杨开岳的胡须上挂满了雪花和水珠结成的冰晶，双眼向内凹陷，眼眶被常年的寒风侵袭冻成了紫色，但双目还是炯炯有神，像鹰一样犀利的目光似乎能穿透山间的迷雾和密郁的叶片，敏锐地捕捉着山林间一点点细微的动静。

"快到了，前面就是山口。"杨正岳指了指山脚下的那个缺口，那是两山交汇形成的一个狭缝，狼窟就在那里的一个避风口，春日狼群就从那里上山寻觅猎物。忽然，杨正岳微微蹲了下来，用手向后一摆，示意弟弟隐蔽。杨开岳抬头一看，半山腰的一棵树下有三匹狼在撕咬着什么。杨开岳迅速避在一旁的树后，定睛观察，那三匹狼的眉心似乎都有异色，他看向了哥哥，哥哥向他点了点头，将子弹上了膛。

杨正岳将脚步放到最轻，吱吱呀呀的踩雪声几不可闻，屈躬屈膝，他慢慢地向狼群所在的地方挪动，杨开岳在另一边和他保持平行地也向狼群移动。近了，杨开岳目测只有30米的距离，此时，哥哥将手一摆，两人静止在树旁，杨开岳迅速地蹲了下来，半掩在一块石头后面观察前方的狼群。三头狼近在咫尺却没有发现他们，它们正在啃食一只鹿，那浓郁的血腥味和狼群独有的臭味让杨开岳不禁有些反胃，他咬紧衣领，用袖子挡住了鼻子，看向哥哥。哥哥横眉怒目瞪着狼群，紧攥着手中的猎枪，架在身旁的树后，他看了一眼弟弟，点了点头，示意准备射击。杨开岳将枪架在石头上，通过瞄准镜，他看到三头狼眉心的颜色，两头棕色一头白色，还是没见到头狼。

"砰——"哥哥开枪了！其中那头白眉心的狼凄厉地嚎叫了一声，蹿了起来，另外两头狼立马发现了杨正岳，立即向他冲了过来。杨开岳立即扣动扳机，击中其中的一只棕狼，但它似乎没有受到干扰，直冲向杨正岳。杨正岳连开几枪，其中一枪命中了一只棕狼的头部，横尸当场，另一只棕狼蹿向杨正岳，杨正岳用枪托打中它的头部，又立即开了两枪，那头狼也被击倒，血色将杨正岳脚下的雪地变成了鲜红。杨正岳看向弟弟，却发现弟弟惊恐地瞪着他，张大了嘴，他正纳闷时，弟弟大叫起来："快跑！哥你快跑！小心你后面——"杨正岳刚一回头，一匹狼直蹿而上，将他扑倒，他还没来得及拔出腰间的刀，便感觉颈部受到了如碎石机一般猛烈的搅动，随后就丧失了意志。杨开岳吓得浑身冷汗直下，本就被严寒冻僵的双手更加难以控制枪口的准心，连发数枪都没有击中那匹狼。那狼见到有人向它开枪，便丢下杨正岳的尸体，冲向杨开岳。杨开岳连忙向山下跑，身后狼的喘息声清晰可闻，他疯狂地奔跑着，心中不断翻滚着哥哥死亡之前的画面，身后的狼似乎追得越来越紧了，鲜血的腥味从它口中顺着山风送到杨开岳的鼻中，更加让他感到悲痛万分、怒不可遏。他大叫一声，高高跃起，在空中转过身来，向狼连开两枪，狼似乎中弹了，放慢了追击的脚步，此时，他猛然看见那头狼眉心的毛色，是浅浅的紫色，他心中一震，重重地摔在地上，并且向山下滚去。

四

　　杨开岳坐在石头上，悲痛奇袭了他的心，他的泪像雪崩一样轰然而下，他的两个哥哥和父亲都被狼所杀，上次的杀戮他没有目睹，可是二哥就是在他的面前被狼咬死的，他悔自己无能，没早一点看到背后的那匹狼，也没能在最危急的时刻击中那匹狼。泪水挂在他的胡须上，滴滴落在雪地上，他向山上看去，事发地点已经被淹没在云雾之中。他想，如果他还有一丝力气，也要上去把哥哥找个地方好好葬了，可自己实在像是散了架，无法动弹一步。他猛然一回头，发现自己正在离山脚下不远的山坡上，再环顾四周，在左边不远处发现了几块巨石，他用一根木棒强撑着自己站起来，扶着树干向那边挪动过去。走了几步后他便停下了，那是一个山洞，他再向上一看，是一棵参天大树，他闭了闭眼，狼窟，这一刻终于来了。

　　根据自己上次猎狼的观测，应该只剩下四匹狼，其中三匹已经被自己和二哥打死了，还剩下的那匹就是紫眉狼王——杀了杨正岳的那一匹。说不定它已经死了呢，杨开岳这样想道，他在一棵树下坐下，准备养精蓄锐。就在此时，他听到山坡上有轻微的踩雪声，他连忙趴下，歪头向上看。霍！正是那头狼王，它踏着雪从山坡上走了下来，半边的脸被霰弹打烂了，白色的眼球从眼眶中凸出来，有一条腿似乎还有点跛，它径直向洞穴走去。杨开岳摸向背后，枪早已不知道在滚落的过程中被扔到了哪里，他咬一咬牙，从腰间拔出了一把英吉沙短剑，静静地注视着狼王。狼王走进了洞穴，向里看了一看，晃着头走了出来，站在一块石头上仰天长啸了几声。除了回声没别的声音，它连续嚎叫了几次，最终都没有听到回音，它似乎有些失落，回到洞口的雪地上卧下。

　　杨开岳心中暗喜，自己的观察是正确的，整个山谷就只剩下这一匹狼了，它还被自己打成了重伤，报仇雪恨的机会来了。他悄悄地向狼窝边爬去，一直爬到离狼王只有 10 米远处的一块岩石旁边，他定住，攥紧了手中的短剑，掏出水壶，灌了一口酒，将水壶奋力扔了出去，正巧打中了狼王的头。狼王立马站了起来，它看了一眼水壶，并且向杨开岳的方向看了一眼，它似乎没有发现杨开岳，但它觉察到这个水壶一定属于人类，它慢慢地向杨开岳的方向走来。

　　5 米，3 米，狼王几乎就要到了杨开岳所在的岩石顶上了。杨开岳紧紧地盯着狼王的脸，手中紧紧握住短剑。"呀——"杨开岳纵身跃起，将短剑刺进狼王的颈部，狼王顿时浑身一颤，长啸一声，将杨开岳扑倒在身下，尖牙刺入了杨开岳的头颅。杨开岳感到浑身像是被钢筋贯穿一样，疼痛万分，他似乎感觉自己的身体疼痛到了一种极点，再向后就要死了。忽然，狼王的口松开了，轰然倒在他的身旁。杨开岳用尽最后一丝力气向狼王那里看去，它早已停止了呼吸，颈部的血喷涌而出，殷红，这是杨开岳此生见到的最后一种颜色。

尾　声

　　深夜，山林寂静无声，虫鸣似乎都成了喧嚣，远处的山上传来阵阵狼嚎，那是很远很远的地方，倾诉着狼的孤独，如鬼魂在梦中的舞蹈，优雅而又邪魅。近处的山下，灯火通明的村镇，响起一声声牧笛，讲述着猎人的无尽愁思，飘向林海中，萦绕在林间，久久不愿散去。

沧浪·秋思

如果时光倒流……

沧浪亭中的那一眼泉中，水又流回那条环绕着沧浪亭园的河中，又流回那条古老的护城河中。历史的车轮也似流水一般，倒着旋转，回到了那宋朝的时光。

青蓝素袍，一双布鞋，他踏着轻快却不轻松的脚步，走入了这隐存明月，幽舍清风的小院，叮咚泉响，那小河之上，白鹭浮鸭，一亮一暗，小河之旁，一行杨柳，风吹枝叶，水波荡漾，好不惬意。苏舜钦俯下身来，对着潺潺流水，看着那远处隐约的山，吟出了"绿杨白鹭俱自得，近山远水皆有情"的诗句。

树叶飘落，最终也被淹在水底泥团之中。苏舜钦将那裱着"沧浪亭"三字的牌匾挂至亭上，就似一颗石子入水，激起波纹荡漾，最终沉在水底，沉甸甸地写下激浊扬清的篇章。

"沧浪之水清兮，可以濯吾缨；沧浪之水浊兮，可以濯我足。"这颗小石子的沉下，是屈原坚贞不屈精神的传承，是苏舜钦进园即淡泊名利，不复出焉的精神传承。

泉水随大江东去，历代文人墨客也如苏舜钦这样蹚过那条河流，在河流中留下了一个个足迹，扔下一颗又一颗石子。

高官章惇，是厚重的檀木色石子；老将韩世忠，是心灰意冷的灰色石子；老成的归有光，是颐养天年的蓝色石子；恩爱夫妻，是沈复芸娘但愿人长久的粉色石子；而梁章钜，则是"清风明月本无价，近水远山皆有情"的金色石子。历史的年轮也一层层地加深，河底的石头也越积越多。

今天，我走进沧浪亭的大门，仿佛撩拨开了层层水雾，找到了沉在水底的五彩斑斓。不觉一轮明月已上林梢，月色照水，映出一幅幅图像。他孤绕虚亭，独步石矼，细品静中情味——这是苏子美的沧浪亭；是他和她相扶下亭，共赏明月，渐觉风生袖底——这是沈复芸娘的沧浪亭；他们来来往往，进进出出，共赏沧浪美景——这是世界的沧浪亭。我看中外游客，谈笑风生，就像这水，激荡着水滴斑斓石子，将永远奔流不息。

"沧浪之水清兮，可以濯吾缨；沧浪之水浊兮，可以濯吾足。"沧浪之水，叮咚泉响，静水流深，水中所沉淀下的，是经典，是精华。而水之本身，人不能将其压缩，不能让其变形，就像沧浪精神一样，无法压缩，永远伫立于史学之林，永远流淌我们的血液中。现在我们都是过客，但我们都是蹚水人，沧浪亭永远是世界人民的，沧浪精神也是世界共同的。

（原载《西部散文选刊》）

神秘的世界

无限的金碧辉煌，凡尔赛宫。

王的座椅，立在大厅中央。

我见到路易大帝还威严地端坐金銮，

静静地观望着这个国度曾经的辉煌。

走廊是无限的幽静，仿佛没有尽头。

天花板上是勒勃兰的巨幅油画，飘洒横溢，气势恢宏。

镜廊西临花园，无数镜面交相映照，照出历史兴衰，风起云涌。

转身走进一个小门，门外，是另一个神秘的世界。

花园里生长的，是艺术与细腻，是宁静与芳香，是美丽与高贵。

圆形的水池中，鱼儿们浮上水面，呼吸着安逸的静谧。

五彩的花丛间，艳丽的花儿钻出绿叶，享受这封存的古典。

蔚蓝的天空中，鸟儿追逐着朝阳，划过天际，直到它登上西方的山头，绽出辉煌的红。

石子铺成的小路曲折，通向梦的远方。但那神秘的绿色，遮挡了我的视线……

我转过身，与这个仙境告别。

宫内的辉煌，无人可及；宫外的神秘，更是牵挂着人们的心，待人翻开它新的篇章。

江南无处不飞花

采朵梨花入行囊

江南的春风吹拂大地，熏得人醉。村里村外，山上山下，密密匝匝的梨花汇成了一片茫茫的白色海洋，似乎是云朵从天空中坠落下来，碎落成一树树馥郁的白。

梨花在山间盛放，虬曲的梨树枝条上，洁白的梨花静静地开放着，乳白色的花瓣中间衬着星星点点的黄色花蕊，如同白色天际之中散落些许黄色的星辰，美得惊心。放眼望去，似乎空中也飘着苏东坡"梨花淡白柳深青"那样轻盈淡雅的梨花，在空气中逸散出洁白的香气。

我跑到楼下，奶奶手上拿了一朵梨花，看到我，笑着让我给她戴上，她苍老的脸庞上带着褶皱，被春风吹得灿烂。我和奶奶来到花树下，一阵清风，梨花飘飞，奶奶则拄着拐，一瘸一拐地在花树下走着，像一个孩子一样接着树上掉下来的花瓣。她有时大笑，花瓣就掉进她嘴里，祖孙两人相视笑着，奶奶用一根拐杖支撑着自己的身体，像是要笑得倒下了一样，我便笑着上前去扶住她。

奶奶搂着我，说："咱们采梨花，我给你做菜。"在老家那里，梨花是可以食用的。我们采了一碗梨花，奶奶把它们冲洗干净，一瓣一瓣地拆开，和黄瓜、蒜蓉、萝卜拌在一起，浇上酱汁，就是一道漂亮的凉菜了。花香把我笼罩，等待着一场酣畅淋漓的花雨的降落……花瓣入口，芳香在舌尖流转，我自己仿佛置身于花树之下，任那氤氲的香气四溢。

梨花的花期只有短短二十天，奶奶和我常常流连于这花树之下，那些欢笑也充满了花香。

长大了，每到三月初就要回家上学了。临别之时，我站在船头，满眼是初放的梨花。雪白的梨花，那么纯净，还是那样的馥郁芳香。它那嫩嫩的叶芽儿，在春风中微微摇晃，一簇一簇的花朵牵着手舞蹈着，嫩黄衬托着雪白，十分协调，又特别醒目。微风拂过，我伸手接住风中翻跹的一片梨花，将它夹在书页间，放入行囊。

船开始排水了，滚滚的发动机声响起。奶奶站在一棵花树旁，静静地看着我们。发动机的轰鸣声变得响了，船排开的水浪冲击着生满花树的岸边。船移动了，我向奶奶招手。奶奶一怔，也向我招手，泪水顺着她脸上的褶皱滑落。她站在树下，看着我们慢慢远去……

我打开书页，梨花静静地躺在其间，承载着美好的回忆，珍藏在我成长的行囊中。就像奶奶就在身边，就像花香在舌尖流转，就像花雨即将落下……

记忆中的一抹紫红

在微风的吹拂下，草丛间显现出一抹紫红色。

妈妈，那朵小花是什么花呀？我指着那朵随风飘舞的花儿，它像一位紫裙少女，在风中翩翩舞蹈。

"那是紫丁香，"妈妈说道，"妈妈小时候住在平江路的丁香巷，那条巷子里原来种满了丁香，每时每刻都飘散着一股浓郁的清香，妈妈从小就喜欢紫丁香。"

我不由得想起戴望舒《雨巷》中写到的那个与丁香结着愁怨的女孩，在花香的氤氲中飘散，飘散……

妈妈摘下那朵紫丁香，放在我的鼻前，香气飘散，直钻我的心。它紫色的花瓣既没有牡丹的华丽，也没有莲荷的素净，只是淡淡的紫红，让人心醉。

今天妈妈要带我去逛平江路。青石板铺成的小路蜿蜒，小河相伴其左，小桥横跨其上，人来人往，络绎不绝。沿街行走，河上常有小船过往，悠扬的船歌传来，吴侬软语的魅力尽显。店铺更是一家接着一家，有卖丝绸的，有卖鸡爪的，有书店，有饼子铺，应有尽有。走过一家丝绸店，后面是一条幽深的小巷，店里与店外的灯火简直像是两个世界，小弄里隔上二十几步才有一个灯光在摇曳。妈妈告诉我，这就是丁香巷。

妈妈说丁香巷里现在不种丁香了，但是我似乎还能闻到一点点淡淡的幽香，不知从哪个角落里悄然飘来，我向那个方向走去，借着微弱的灯光向下看，在墙角，有一个紫红色的身影，正在悄然绽放，散发着幽香。妈妈蹲了下来，仔细打量着，说道："真神奇啊，真神奇啊！"

丁香在绽放，成了我忘不了的一抹紫红。

镜中花开

爷爷是个老摄影迷，拍的照片常常登报，每年春暖花开之时，他总带着我去拙政园拍花。

记忆中，奶奶抱着我，我的手攀着梧竹幽居亭旁的那棵花树。夕阳斜照，金黄的阳光射进粉墙，我贴着奶奶的脸，粉色的花朵在我耳边绽放，我似乎能听到花瓣微微地、慢慢地展开的声音，香气早已沁入肺腑，阳光似乎也披上了一层粉色。爷爷蹲在树前，双手端着摄像机，左眼微眯，嘴里念着："笑得灿烂一点啊。"镜头中，春暖花开。

我站在奶奶身边，她的手搂住我的脖子，我抓住她的一处衣角，腼腆地笑着。那树似乎长高了些，我站在地面上攀不到它最低的枝头，花香却还氤氲着。春风拂面，吹得拙政园内池中波纹荡漾。那是清晨，太阳跃出云层，小半轮紫红色的火焰，将拙政园的粉墙黛瓦照亮，在一道道鲜艳的朝霞背后，像是撑开了一匹无际的深蓝的绸缎，覆盖在大地之上。爷爷说这清晨光线真好，蹲在地上，摁下快门。镜头中，春暖花开。

　　奶奶站在花树前，爷爷蹲在青石板地上，我站在一旁。爷爷称这里为小拙政园，其实是老房子边上的一个小公园而已。由于疫情的影响，拙政园已经关闭了，爷爷带着我和奶奶来到了这里。我站在屋檐下，是不是长大了的缘故，不知从何时起，我开始讨厌拍照。爷爷常常给我看我以前的照片，说我那时候多么阳光。我看着爷爷给奶奶拍照，爷爷戴着口罩，我隔着老远都能听到被口罩闷住后他那沉重压抑的呼吸声。奶奶也戴着口罩，所以比较多的是拍她在花树下的背影。她攀着花树的那根枝条，粉红色的衣服也与那粉色的花瓣映衬，在春风中绽放。春风吹到我面上，隔着口罩都能闻到馥郁的花香。我拿出手机，摁下快门。

　　我的镜头中，是爷爷和奶奶；爷爷的镜头中，是春暖花开……

（原载《西部散文选刊》）

春山半是茶

"潇洒桐庐郡，春山半是茶。轻雷还好事，惊起雨前芽。"远离官场勾心斗角和尔虞我诈的范仲淹深深沉醉于桐庐潇洒至极之美景，是以谱下十首《潇洒桐庐十绝》以寄其满心之倾慕。愿化为一片茶叶，乘风而去，去到云霄之间，去到清溪之旁，去听时间长河之中桐庐春山的回响，去闻光阴岁月之间桐庐新茶的飘香。

"风烟俱净，天山共色，从流飘荡，任意东西……"飘至南北朝吴均所宿客栈窗前，见他的笔走龙蛇，谱写桐庐至美之绮丽风光。春风送来春山之上悠悠茶香，诗人闻之似啖佳肴，如品佳茗，欣然昂首远望，却见富春江之急湍甚箭，猛浪若奔，见夹岸高山之互相轩邈，争高直指。又闻蝉之千啭，猿之百啸，泉之泠泠，醉美之山水，又何以不让吴均发出"鸢飞戾天者，望峰息心；经纶世务者，窥谷望反"的感叹呢？春风袭来，随风向远处群山间飘去。

"潇洒桐庐郡，乌龙山霭中！"山间一位尊者高声吟咏。是时，山间烟雾缭绕，好似仙境。青绿茶树团团簇簇，如波浪般翻滚于浓雾之间，似又添一分动态在层层雾霭之间。范仲淹正徜徉于青绿山水之间。春山半是茶，这句诗正是当下最好的写照，春山之间茶香四溢，在那碧嫩的叶芽之间散发出的清香似乎也是青绿色的，香而不涩，挑逗着人的感官，沁彻人的心肺。文正公正是被如此之势迷得心醉，"潇洒"两字似也显得单薄了些，只有将心扉向这个世界敞开，方能领略这桐庐盛景了。文正公也实是向桐庐敞开心扉的，仅十余月的光阴，他兴办学府，端正学风，聘请贤士，修祠作记，以仁教教化乡民。他之壮举，也能称得上"潇洒"矣！

停于一棵茶树枝上，休待片刻，便有另一位文人踱来。他带着"新城接桐庐，山茗久所利"的赞美行至山间，摘撷一片新叶，置于鼻下轻嗅，春天的味道扑向他的心脾，笼罩他的全身。惊叹之余，梅尧臣向山下望去，正是那"龙飞上高衢，雉飞入深水"之美景，亦有"有客泛轻舸，迤逦到桐庐"之清远、深静。乘风而去，我又随云朵穿行，随流水漂荡，等候着下一阵春风的召唤。

而这春风终是来了，似是更加温暖，更加有力。我飘至山间，放眼望去，江畔已然高楼林立，现代化的建筑绵延至远方，沿江而去。山间的茶农正辛劳地采茶，却已不再用手一个个去拣，而是使用手提式的采茶机器，手过之处，茶叶皆落入包袋之中。人人脸上都洋溢着幸福，正似这骄阳下的春山，绽放着勃勃的生机，亦似这潇洒的桐庐，正在新时代的召唤下大步走在高质量发展的道路上，生态文明建设，茶文化宣传项目，无一不体现着桐庐成为"中国最美县"的决心和走上绿色崛起道路的坚定之意志。春山半是茶，新时代中国的奇峰之上，正群芳争艳，众树争高，走上新发展道路的广袤茶园内，桐庐正如一片新叶，正欲绽开自己的叶片，迸发出最浓郁的醇香！

春山半是茶，古今皆赞叹。潇洒桐庐郡，盛世发新枝。

（本文获"潇洒桐庐"长三角青少年散文大赛决赛铜奖）

（原载《中国作家》）

印象陆桥

陆桥是昆山的一个小镇，外婆生在那里，也在那里住了一辈子。我小时候经常去看外婆。

依稀记得，去外婆家那条绿荫密布的小路，树后是片芦苇荡，芦苇总是在风中摇曳。

一条小河在路的一侧流淌着，水很清澈，可以清楚地看到水底光滑的鹅卵石，和吸在石上、泥上的螺蛳。清明之前，家里人拿着大网，穿着防水靴，就在这条小河中捞螺蛳。螺蛳不大不小，但是肉质鲜美，经外婆油爆，鲜香可口。油爆螺蛳还是陆桥的名小吃呢！妈妈小时候就在这条小河中游泳，还会潜入水中摸小鱼小虾，鸭子在身边游过，噘着嘴，嘎嘎叫着，大摇大摆地游向远方。

小河蜿蜒至一栋小屋前，院墙是蓝色的铁皮门，门旁不知名的紫色小花盛开着，在金黄色的油菜花的衬托下，紫莹莹的散发着幽香，招来蜂蝶成群。不时有几只鸡从后院的窝棚里溜出来玩耍，它们躲藏在花丛之中，时不时地冒出头来，警惕地环顾着四周，一看到有人经过，就垂下头去，像是在低头认错。

走进蓝铁门，就是小舅公的印刷厂。那里终日散发着一股油墨味，还发出阵阵机器的轰鸣声。我一进门都要先憋一口气，一只手捏着鼻子，一只手捂住耳朵，飞速奔过去，等感觉不到油墨的气息了，才张开嘴大口喘气。

印刷厂隔壁便是小舅公的家了。那是一栋两层的小楼，看上去有三十年了，白墙上的漆又干裂落下，露出原本灰色的砖基。

一进门是厨房，灶台旁边放着两张粘苍蝇纸，上面总是粘满了苍蝇。

绕过一扇圆形的门，是一间大客厅，厅前贴着对联，桌上供着财神。我儿时常和财神"玩"。一次，我见财神的供盘上有我喜欢吃的苹果，环顾四周无人，便抓起一个，先喂财神吃。财神挺着大肚子，咧着嘴对我笑着，不吃苹果，我便自己吃了。

记得东厢房里是太外婆住的房间。墙上挂着太外公的照片，下面点着两根香火。照片旁边挂着一大串太外婆的药。每次她吃药时，都是从每个瓶子里倒出几颗，放在桌上，倒完后，一串花花绿绿的，像一串项链。她总是和着水，一起咽下。外婆看不得她吃药，还常说太外婆这病就是药吃多了，每每看见，就偷偷地抹一把眼睛，叹一口气，快步走出去。太外婆的房间总是那么的干净，外婆每天帮他洗扫、打理。太外婆极爱干净，从不允许自己的身上、衣服上，甚至是太外公的遗像上有一丝灰尘。太外婆已经离世了，这间房间到现在外婆都收拾得干干净净，终日散发着一股清香。

二楼是一间间储存室，也有两间卧室。爸爸总是在那里睡午觉。我和表妹会趁他呼呼大睡的时候，在楼下抓一大把瓜子，潜伏进他的房间，屏息凝神，悄悄地靠近他的床边。"哗"地一声把瓜子撒在他的脸上、脖子里。他从梦中惊醒，发现是我们干的好事，便冲向正在飞速逃跑的我们，要拿苍蝇纸来吓唬我们。

二楼的阳台上，可以望见家里的一大片田。走在田埂上，边走边摸着大颗大颗的稻谷，那丰收的喜悦忽然涌上心头，此时，我才真正领会到舅公丰收时"啪嗒啪嗒"抽着烟那种欢愉和喜悦。田间不时有白鹭似的鸟儿来访，它们悠闲地立在田中，似一根伫立的白色旗杆。

从小院的后门出去，沿着小河走两步，就到了毛大伯的家。他家有三间小小的麻将室，太外婆就喜欢搓一把，生病了也照搓不误。就连现在上坟时，小舅公都会多买一盒纸钱，在坟前道："太婆多搓搓吧！"毛大伯就像是我们家的"亲戚"一样，他家院子大，我们从城里回来时，家宴就在他家院子里举行。

那一年，大舅公因病去世，毛大伯十分慷慨地拆掉了一间麻将室，挂上了大舅公的遗像。太外婆拄着拐，由外婆搀扶着，一边抹泪一边走着，口中不住地念着："弟弟啊，弟弟啊……"我躲在自家楼上，和表妹一起在阳台上观望着隔壁的情况。我们小孩子是无法体味白头人送黑发人的痛的。只见一大批僧人涌了进去，没过多久便开始又吹又打，集体唱起了那令我心生畏惧的曲子，还夹杂着断断续续，凄凄惨惨的哭声，我听了有些害怕，便跑到田埂上去玩了。

等我回来时，僧人们已经走了。我来到毛大伯家，毛大伯正搀着老太太出来，屋里弥漫着一股香火的味道。毛大伯对我说："你把老太太搀回去吧。"我答应，却没有搀她，只是跟着她一起走。一路上，她不停地念着弟弟。后来，吃晚饭之前，我看到老太太站在河边，拄着拐，望着河边的一棵树，还在一声声呼喊着"弟弟啊，弟弟啊……"她羸弱的声音仿佛是一个孤独了千年的灵魂，在这个空虚的世界中残存，在时间的蚕食中永远地凝住了。良久，她站在那里，一动不动。我开始后悔刚刚没有搀她，更没有安慰这个伤透了心的残老的灵魂，我至今仍然感到这是我对她的一桩愧对之事。

毛大伯家再往西，是一家杂货店，我常和毛大伯的儿子去那里买冰棍吃。一次，我一天断断续续地吃了五根棒冰，幸亏没有被妈妈知道，现在想来，还是一件极为疯狂的事情。

毛大伯的儿子对我很好，现在估计他已经工作了，虽几年不见，但他的身影却还在我脑边萦绕。他很喜欢打游戏，戴一副高度近视眼镜，也没考上什么好大学。他常和我一起到他们家楼上的小房间里去打游戏。一次我们打得太入迷，没有开灯，毛大伯正上来拿什么东西，看到我们正在那里忘情地玩着，他愤怒地瞪了他儿子一眼，一巴掌拍在他儿子头上，打开了灯，拿起东西一言不语走了。

往事依依，时间的年轮一圈又一圈。太外婆在老屋拆迁过后一个月不到就过世了，毛大伯的儿子已经好几年不见了……

我多么想再一次踏上这片故地，再一次闻下那一片稻香！我甚至多么想闻一闻那久违的油墨味，多么想再看一眼太外公的遗像……可是这一切，只是化为乌有，老屋已经拆了，小路已经拓宽，而我的记忆中，抹不去的是刻在我童年记忆中的印象陆桥……

（原载《校园读者》）

朱徐雨专辑

作/者/简/介:

朱徐雨,女,2005 年 8 月生于苏州,江苏省苏州实验中学科技城校高三学生,西部散文学会会员,《散文选刊·原创版》签约作家。在《中国作家》《散文选刊·原创版》《西部散文选刊》《参花》《湖州晚报·散文诗月刊》《姑苏晚报》等发表诗文,作品收入《世界华文散文诗年选》《中国散文诗·精品阅读》等多种选本。《西部散文选刊》2022 年 11 期封二"作家推荐"专版推荐。在"潇洒桐庐"长三角青少年散文大赛中荣获银奖。

时光追逐的一抹竹香

太奶奶是个老篾匠。她靠竹子养活了我的爷爷和他的兄弟。江南适宜竹子生长，苏州的风俗中也有许多与竹密不可分。

天蒙蒙亮，我还四仰八叉地趴在竹席上酣睡时，老太早早地起了床。从屋后的仓库中，扛出一根大毛竹，拖到我窗前的空地上。她拿出一把大而厚的刀。刀已老旧，但锋利依然。

一把刀，从头到尾将竹子劈做两半，又一刀再斩做两半。

太阳刚升起，老太开始刨去竹子内壁的竹衣。一层薄膜被迅速刮去，卷成一个个小小的竹花。随后，她又拿起刀刮去竹子中心的一层疏松的芯。刀起刀落，竹花化作乳白色的粉末，飘落。

微风吹皱一池江南水，竹末飞扬，在空中留下隐隐的光影。莫把竹末比作被鸡毛掸子扬起的尘埃。它们也是竹，是极富灵性的。它们乘着风，顺着水流，流过水渠和石板桥。带着竹的清香，化作船娘口中的吴侬软语，揉进游人心中乌篷船载着的梦。

小小的竹末飘进了我的房中，飘进了我满是米糕和酒酿的甜甜的梦中。我的梦，沾上了竹的清香，江南家乡竹的清香。

老太将竹子粗加工完，开始细加工。我也磨磨叽叽地起了床。

她将刨好的竹子劈作竹条，一条又一条。这就是篾。随后，对篾进行打磨，按头青、二青、三青区分开，开始编竹篮。

头青编主干，二青编形态，三青编竹网。不同种类的篾用途按硬度和韧性区分开。我不禁感叹篾匠的智慧，他们想尽一切办法将一根生长了多年的竹的利用率提到最高，不会浪费一丁点的资源材料，让所有的生灵都在这个世界上找到自己的一份价值。

老太娴熟地把一个竹篮的主体编好了。

最后再把几根头青编成麻花状，在火上微微一烤，弯成一个拱桥形的提手。竹子烘烤得清香渐浓，四散开来。

正午，我玩累了回家。老太抱着我，我抱着刚编好的竹篮，下到河台阶上。我把竹篮沉到河中，轻轻摇曳，洗净。

竹篮漾起一圈圈涟漪，清香与江南水融为一体。阳光把河水耀得五彩斑斓，映入竹篮中。竹的精灵踏着水，顺着水流，流过在粉墙黛瓦中生息者的一代又一代江南儿女。江南水滋养了竹，竹承载了江南水，化为江南人心中触手可及的山水，也成了江南风俗文化中不可或缺的元素。

"宁可食无肉，不可居无竹。"在现今车水马龙的城市中，曾经的竹筷、竹笼、竹屉变为塑料、不锈钢。但竹笼蒸煮食品的那淡淡的竹香，让每一颗心都为之魂牵梦萦。竹篾冰凉光滑的质感，牵动着身体上的每一处神经。

竹篾文化从农耕时代流传至今，独树一帜是它在中华大地上繁衍生息的原因。

从物质到精神，江南人何曾离开过竹篾？

篾，时光追逐的一抹清香。

（原载《西部散文选刊》）

虎跳峡

从飞机落地的那一刻望见从天而降的一滴又一滴云南的雨水，我就对此行不抱一丝希望。直至一位本地司机说他可以带我去各个景点，包括在香格里拉深山中的虎跳峡，顺便充当向导，这才让我重燃了希望。

约定去虎跳峡的一天，我一大早就换上登山服。一个半小时的车程，可谓惊心动魄，尤其是在香格里拉境内的那一段山路。山势险峻，道路崎岖。公路依山而建，右边是百米悬崖，左边是雨水冲刷之下随时都可能飞落而下的山石。我绷紧神经，但司机面色从容。我心中暗喜，多亏了这个司机，我才实现了去虎跳峡的心愿。

停好车，司机与我步行前往虎跳峡。我在山腰，虎跳峡在山脚，还得下山。

我步行前往虎跳峡。走着走着，感觉有什么声音在耳畔，但细听，却又烟消云散，缥缈如一根系在枝头随风飘荡的丝线。

楼梯陡而长，一直通向山涧。一步又一步地挪动，小心翼翼，却又兴奋不已。

耳畔尽是水声。那水声绝不是山涧哗哗，更不是泉水叮咚，而是瀑布的水花声，迸溅声，海浪的拍岸声，澎湃声。我隐隐感觉到周围的空气潮湿了起来，又有几丝薄薄的水汽侵袭而来。

终于到底了。还有一小段穿越树林的平路。耳中早已充斥着滚滚雷鸣之声。透过树林，可以隐隐望见前方有水，黄色的水，白色的浪，还有棱角分明的石。

　　我略显紧张地走出树林。刹那间，那浪高达十几米，排山倒海地向我涌来，一浪起，又被另一浪打成碎末，吞噬在后面的激流之中。时有一巨浪，疯狂地冲向前，如一头挣脱缰绳的猛兽，撞碎前方的一浪又一浪，激起的水花高达数十米，又疯了一般横冲直撞，最后慢慢地平静，消失。

　　走近水边，倚靠着栏杆。耳中灌满了这如雷般的隆隆声。声音同浪一起翻滚着，随浪拍打在石壁上，碎裂成珠，又哗哗啦啦地落下。平静时，如无风天的海，只有水珠迸溅之声。激烈时，仿佛从空中落下一个庞然大物，轰地砸在江面上，炸裂成碎片。

　　由于是丰水期，我向江心望了半天才见一块黝黑光亮的巨石，那便是虎跳石，十几米的巨石淹没在浪中，竟只露出了半米。浪吞噬了它，疯狂地拍向它，想让它破碎。

　　忽然，几滴水珠溅上我的脸。冰凉，但内心热烈。即使已经停下，却依旧感到它的巨大力量，让世间万物破碎的力量。那水，有股泥土的味道，奔流的味道。

　　虎跳峡流传着一个奇幻的神话，金沙江、怒江、澜沧江三姐妹外出择婿，玉龙山、哈巴山两兄弟奉父母之命追赶阻拦，若放过三姐妹中的任何一个，都要被砍头。玉龙腰佩十三柄长剑，哈巴身挂十二张雕弓。两人并肩前往丽江，轮流守在江边等待三姐妹的到来。在哈巴看守的时候，金沙江妹妹，到了丽江边，看见了哥哥哈巴，灵机一动唱了十八支歌，歌声婉转，听得哈巴神魂颠倒，倒头便睡。金沙江妹妹便得以逃出两个哥哥的阻拦。待玉龙醒来之后见到此情此景，落下两行清泪，砍下还在沉睡中的哈巴的头颅，仰望天空，默默祝愿妹妹幸福，垂下了头。玉龙的两股泪水化作白水黑水，哈巴的十二张雕弓化作虎跳峡的二十四道弯，哈巴的头颅落在江中化作虎跳石，而哈巴雪山自此平顶无头。

　　哈巴的神话带着哈巴的灵魂在虎跳峡激荡，冲刷了千年。

望着水流在石壁上勾勒出道道深纹，我知道，哈巴和玉龙的神话不会被云南人忘记，至少不会被这石壁忘记，不会被这一江奔腾不息的水忘记。玉龙雪山和哈巴雪山峡谷之间，金沙江呼啸过七道瀑坎，十八个险滩，用龙吟虎啸般的磅礴祭奠哈巴。岸边，有一座猛虎的雕像。那虎，肌肉有力地向前迈步，回首咆哮，花尾横扫，白额吊睛，气势逼人，欲施展全身本领，蓄力跃上江中巨石，再一迈，扑上对岸，回首咆哮，潜入山林。

细品，虎跳峡声也似虎，势也似虎，又有虎跃涧垫脚之石，真可谓是虎跳峡。

劈开善城斧无痕，流出犁牛向丽奔。

一线中分天作堑，两山夹斗石为门。

清代云南诗人孙鬃翁的《金沙江》的诗句在虎跳峡的山谷回响，诗人大写意的笔法把虎跳峡的野性描摹得淋漓尽致，好一把开天辟地斧，好一道限隔南北的天堑。

收起对虎跳峡震撼人心的观赏，踏上归路，再向上登山时，只觉得腿脚无力，头晕目眩。司机说是高原反应，我以为是被虎跳峡的凛凛威风惊住了。

（原载《西部散文选刊》）

腾格里的篝火　沙漠的星星

一把干柴，一阵欢呼，留宿的人们从各方的帐篷聚拢到绿洲边。

火还没燃起，人们的舞步已经踏起。一堆篝火，一圈欢歌，火光映上人们的笑颜。来自不同的地区，此刻都是"沙漠的旅人"，眸子中都倒映着跳跃的篝火。

欢呼声高一分，篝火旺一分。这篝火是被旅行者的热情点燃，还是翻滚着热浪的沙砾引燃？

柴在火中毕毕剥剥地燃着，火星乘着热浪翻飞在干燥的空气中，那一星半点微弱的光攀升夜空，成了漫天星斗。

火愈旺，热浪愈汹涌，雀跃着鼓动舞步。

欢乐的乐声操控着人们的脚步使其在律动下时快时慢，领头人一阵吆喝，所有人都踢着腿向篝火靠拢。聚拢、散开、再聚拢、又散开……人群的舞步创造出了沙漠的呼吸。

远处亮起了烟火，斑斓耀眼的色彩点亮了腾格里沙漠。夜空留不住烟火，就像沙丘留不住流沙。但沙漠留得住每夜都会生起的篝火，留得住璀璨了腾格里万年的繁星。

人们的舞步停了，沙漠的舞步却永不停歇。

我离开人群，跌坐在沙地，低头，隐约看见篝火倒映在湖面上。忽明忽暗的火光成了绿洲的一颗星星，也是腾格里沙漠的星星。

绿洲是沙漠的眼睛，旅人们生起的篝火便是眼中的星光。

腾格里也是个极目眺望星空的孩子。

（原载《参花》）

贺兰山精灵

层层叠叠，错综繁杂的岩石，或灰或白，堆砌，雕琢，构成了耸立于内蒙古与宁夏交界处的贺兰山。

陡峭的岩壁，是先人手下雕刻疯狂线条的绘板，是游人心中太阳神的神曲奏章。唯独在岩羊的脚下，那是独属于它们的天堂。

灰白的岩羊跳跃在巨石之间，身影定格在杂草与碎石堆中。每一头岩羊都阅尽了贺兰山百色千姿。健硕强劲的身躯骨肉，乘着贺兰山风呼啸，在岩壁上一步一跃，攀上顶峰。

内蒙与宁夏，混血的山，混血的河，混血的岩羊。与其说是信使，不如说是灵魂孕育滋养成形的精灵。

谷底，粉身碎骨，鲜血迸溅成一朵盛放的娇艳玫瑰，宁夏的生灵绚烂与内蒙古的英勇豪迈交织凝聚。

嘹亮的嘶鸣回荡，是大西北生灵的乐章。

（原载《参花》《西部散文选刊》）

岩上太阳神

每个种族都有自己的太阳神，或在涂料与笔刷的结合下，渲染在卷轴上，或是石头与铁器的摩擦、碰撞，在岩壁上隽永。

宗教学者延德尔说：太阳是终极和唯一的力量源泉，其他所有的能，无不源于此。

草木枯荣花谢叶落、四季更迭生老病死……智慧的先民在朝暮交替中，发现太阳神手中无形的权杖赋予了世间生命的呼吸。

太阳神从外至里为三层，外层 24 根放射性线条，代表四射之光。中层 12 根，最中间是每只眼睛上的 6 根"睫毛"。24、12、6 分别代表了 24 节气，12 个月和半年。原始太阳崇拜就这样催生了太阳历。

触摸粗砺的岩石壁，我似乎看到先民疯狂的祈祷占卜，眸中闪烁的原始智慧的星光。

晦暗兀自死在凛冽的风中，太阳神以光明普照众生之地。

（选自《参花》）

起风了

那年那夜，我在阿根廷一个小镇金黄的沙滩上驻足，参与一个当地的探戈派对。玫瑰色的落日余晖中，洋溢着欢乐的探戈与碎冰碰撞酒杯的清脆，氤氲着独属于南美洲的迷人风光。夜色微醺中，我偶然听见边上两位英国人用英语说："这就是人生。"蓦然间，比夜色中的海更令人捉摸不透的问题向我抛来。

我的人生会是什么样的？我想拥有怎样的人生？

日本作家芥川龙之介曾说："决心留在人生的竞技场中，必须努力拼搏，学会对付人生。"同样是日本作家的堀辰雄也在《起风了》中说过这样的话——"起风了，唯有努力生存。"

如若想让人生光鲜亮丽。总离不开"努力拼搏"这四个字。

但这是伟人的人生。有人伟大就注定有人平凡。

"起风了，唯有努力生存。"平凡的人生该是怎样的？

带着疑问，我找到了一位相识多年的印度瑜伽老师——一位信仰印度教的印度男人。不出我所料，他一边带着我做瑜伽，一边解开我的心结。

人生要坚定，要从容。河水走了，桥还在。日子走了，我还在。在忙碌的地球上，时刻保持从容不迫。一天做不完的事，可以用一生去做，上世纪做不完的事，可以下个世纪做。

人生要活在当下。加缪曾说："对未来的真正慷慨，是把一切都献给现在。"活在回忆中，抑或是活在对未来的憧憬中，都不如活在当下。珍惜眼前的人和事，从现在每分每秒开始，体味人生的甘甜。

　　人生要注重过程，要怀着一份热爱。世界在疯狂地旋转，请抓住一个名为热爱的把手，像被和风牵着手一样学会和世界相处，去看种子发芽成长开花，去看耕耘收获的过程。

　　这是他让我懂得的人生哲理，也是我心中向往的人生。

　　"起风了，唯有努力生存。"人生是生存，但更是生活，是人证明自己活着的证据。人生是人的敌人，但更多的是亦敌亦友的存在。日本作家这两句话于我，恐怕应该被归入"假说不存在"文档中。

　　起风了，唯有努力活出自己的人生。

　　踏歌而行，迎风而进，迈出你自信而坚实的人生步伐！

（原载《西部散文选刊》）

自然之约

1

雨蒙蒙。宁静，潮湿。

阳光，在雨珠奏鸣成一首长曲的音乐大厅，送来了光和一丝温暖。

漫步无人小径。穿过泥地、小灌木丛、水塘……有人打趣"这是荒野求生"，我说这是离开高科技和大城市，通向大自然的大道。

宁静的林子，潮湿的泥土，无处不在的生命。

向纵深行走，便是一个河塘，鱼儿吐出的泡泡和雨滴溅起的水珠，化成涟漪布满了它的脸。看那儿，水鸟！真的有水鸟……我们便纷纷拿起了望远镜。它似乎是我发现自然的一双明亮的眼睛，戴上它就可以把遥不可及变为近在咫尺。水鸟扑棱着脚蹼四处觅食，有时猛地扎进水中捕捉一条小鱼，更多的时候是在和同伴打闹，嬉戏。

到了，这里是与自然约会的第一站。

河岸上处处是生机勃勃的植物。奔跑着，穿梭在灌木丛中，你争我抢地摘叶子，用袋子装起，回去制作标本。乔木、灌木、草本……一个个收入囊中。

大石头是小径的尽头，一边紧挨着小径，另一边则是灌木丛，有整整半块石头都在灌木丛中。小分队里几位队员先跳上了大石头，其中一位将头探进灌木丛，他用手拨开树枝，四处察看，不知发现了什么，就摘下了它。他湿漉漉地钻了出来，跳下石头。我们紧盯着他紧握住的双手，又静静地看着他的手张开。他的手中握着两朵紫花，多么美丽的紫花呀，想必是大自然赐予我们的纪念品，淡黄色的花蕊在五片四色花瓣的怀抱中轻轻摇摆，花香也随着风飘逸在大石头边。

满满的收获，看看袋子便是。一个个都成了泥孩子……

天，蒙蒙亮。阳光，灿烂，温柔。

云，有些稀疏，一绺一绺的悠悠地飘着。经过一场雨的滋润，天，如玻璃，透着暖阳的粉嫩。

鸟鸣把住家的爸爸带到秋千上，手捧一本厚重的书，享用着一杯浓郁的咖啡，等待猫咪的归来。

鸟儿飞落枝头，抖落几滴露珠。摇曳一串小化。

风信子顶着一顶插满花的春帽子，参加盛宴。

萌萌的多肉，饱饮春的露水，把自己撑得鼓鼓囊囊的，等待着干燥炎热的夏季，为满世界的火红，添上一抹沁人心脾的绿与水嫩。

2

沉重，咆哮。

浪疯狂地扑向海堤，嘶吼着撞击乱石堆。

跃起。落下。

溅起朵朵雪白的浪花，把脆弱的石子卷下大海。

温柔，悠闲。

轻轻地诉说蔚蓝色的故事，孕育满腹的鱼虾，一个神秘的海底世界。

光彩，鲜艳。

鸟儿漫步，在沙滩上写下一行音符。

欢快，雀跃。

俯身亲吻大海，悄悄告诉你我的名字。

漫步，奔跑。

沙滩上的脚印，写下一段成长印记……

（原载《世界华文散文诗年选》）

观　鸟

灰白相间的身躯，蓬松的羽毛，
尖尖的鹰钩嘴，炯炯有神的鹰眼。
伫立在房顶，凌风眺望脚下的土地。
它如王者一般，骄傲地凝视着自己的领土。

脚下，诺里奇风光一览无余，
头顶，是近在咫尺的天。
面前，只有呼啸的寒风，
背后，是沧桑的教堂。

我的心，透过高倍望远镜，
融入雄鹰的蓝天生活，
听鹰隼对天说的悄悄话，听着听着，
我也像长了翅膀，在梦想的蓝天翱翔。

海

清澈，明净，蔚蓝。

白色的沙滩上留下一串串小脚印，伴随着一阵阵浪，飞进了海洋世界。

挽起裤脚，踏着清凉的浪花，感受着海水抚摸脚丫的快感。弯腰拾起被浪冲上来的贝壳、海螺、珊瑚。把贝壳收进小背囊，每一个小贝壳都好似一本海洋之书，记录下海中发生的点点滴滴，每一条花纹，如同海赐予它的独一无二的衣裳；把海螺贴在耳畔，听一听海的呼吸；把珊瑚捎回家去，留住对海的回忆。

嬉戏，雀跃，玩耍。

伴着微微的海风，与小伙伴在沙滩上奔跑，在海水中玩"跳浪"。我们手挽着手，跳过每一簇浪花。海浪似乎不情愿让我们在它的头上跳跃，就吹来一小阵风，浪大了点，把小伙伴们搁在岸上的拖鞋给冲走了。

沙滩，椰林，彩霞。

一串小脚印带我走进椰林，绵柔的白色沙子中的硬币大小的洞，估计又是螃蟹挖的吧！

听着海浪轻拂白沙滩的声音，闻着一股淡淡的海腥味，坐在椰林中，地上椰树的影子影影绰绰，伴随着海风轻轻摇弋。火红色的太阳被淡紫色的霞所代替。我的双眼朝着暗下去的天眨了眨。

涨潮，赶海，捕捉。

黑幕被拉下，海水随着一阵呼啸，涨潮了。赶海人陆续来到，换了潜水衣，带上了手电，赶起了海，捉蟹，捉鱼，捉虾……海，迷人的海，送来充满欢声笑语的一天。

（原载《散文选刊·原创版》）

黄河畔，那座山村那群人

从腾格里沙漠深处风尘仆仆归来，离开中卫市区向山区走，途经 66 号公路，穿过成群的"网红博主""时尚达人"，跟着棕色路标的指引，往黄河畔的北长滩去。

弯弯绕绕，颠颠簸簸，终于到了北长滩。

这座名为"北长滩"的山村，坐落在群山深处的黄河河谷。一切尽是黄土高原的标识性色彩——黄土色的水，黄土色的沙，黄土色的泥巴房……山村的土房依山而建，山坡略陡峭，山坡上通往每家每户的都是碎石子路，地表裸露，风沙扬着尘土扬着灰。

自古以来，交通闭塞，与外界交流不便，年轻人陆续搬离，留下了生根在这片土地上的老人，依旧终日听着黄河流水，日夜脚踏黄土。

北长滩人在黄河河岸、村庄边缘开发出一片公园，定名"北长滩景区"。景区不大，借原有的自然景观为景，花圃、庭院、山脚河畔的小亭，简单还似乎有些"平庸"。北长滩只是希望八方来客可以坐一坐，在这里静静感受日夜陪伴北长滩的黄河。

这里没有浓厚的商业气息。仅靠几十座木制小屋与得天独厚的黄河风光尤其吸引来自大城市的美院学生。年轻人的蓬勃朝气，绚烂了北长滩老人黄土色的岁月。

一路同行的外国友人抱臂看着学生们作画，和不远处的指导老师搭上了话。一来二去，谈得投机，两人一起端起了碗，一碗辣子凉皮下肚后，"我要体验一下学生们的小木屋。And enjoy the real BeiChangtan.（享受真正的北长滩）"，老外决意住下。

出了北长滩景区，在黄河畔兜兜转转。先过一片沙地，再到了碎石滩上。黄河水拍打着石滩，一下又一下。浑浊的河水浸润、磨洗、雕琢岸上的碎石。磨去了棱角，磨掉了黯淡。每一颗黄河石都有自己独特的色彩光泽，都记录了一段黄河的幽咽低吟。

我打小就爱在旅途中捡拾奇石，但是捡黄河石还是第一次。专注于挑选石头的我，没注意到身后闪过一个小小的身影。

孩子在我身边蹲下，好奇地眨动眼睛瞧着我，有样学样地开始捡起了石头。

我朝他笑，他也朝着我笑。他穿着吊带和短裤，赤着双脚。他的皮肤是小麦色的，瞳仁乌黑清澈，朴素可爱如黄河六月的风。

"你是北长滩人吗？"我出于好奇随口一问。

孩子点点头，抓紧手上的石头，羞涩怕生似地往村口跑去了。

跑得太急，匆匆落下了一颗刚拾到的黄河石。石子坠地，撞击声清脆，很快淹没在黄河涛涛中。

从河滩返回，向景区口凉亭下一位老爷爷买了几颗金黄诱人的杏子。老爷爷粗布衣服，摇着草编的凉扇。汗水沾湿了寸长的白发，汗珠顺着黝黑的皮肤淌下来。他佝偻着背，行动有些不便，看上去年过七旬。说话带着浓重的乡音。

他卖的是些当地的山货土特产：橙黄的杏子、罕见的发菜、诱人的小酸枣……都是他每天在山上采拾来的。

我大概听出了他正介绍他卖的山货都是野生采得的，他说着酸枣可以泡水煲汤；他说发菜只在阴冷潮湿避光处生长，太阳一出就无法采摘；他说我吃的杏子都是家里的杏树结的……他语速缓慢，口音也让我很难辨解他的话语。但他的言语让我看到了挂着杖在山中寻觅山货的他。靠山吃山，靠水吃水，北长滩俨然就是黄土高原给这座山村中的人们最好的馈赠。

　　向导介绍，老汉的老伴身体抱恙终日居家，平日里都是靠他采摘售卖山货补贴家用。只可惜几个月前在阴暗湿滑的山阴坡采发菜时摔伤了腰，落下了毛病，至今都行动不便。但为了老伴与生计，还是坚持着每天早上上山，下午摆摊。

　　老爷爷见向导带来的游客买了许多货，憨厚朴实地笑了，呆呆地听着我夸他的杏子好吃。向导对老爷爷说："今天卖了好多，回家你老伴要给你烧好吃的了。"

　　老爷爷只是笑着，点着头，笑容在他黝黑的脸上绽开，干燥的皮肤舒展。

　　坐上回程的车，向导听完我分享的所见所闻后，只是叹了口气，"可惜北长滩以后就看不到了"。

　　这里规划新建一座水库。不久之后，北长滩将永远被淹没在滚滚黄河水中。北长滩是要与养育了自己的黄河，融为一体了。

　　这样想来，美院学生略显生疏稚嫩的写生画作，会是这座山村留下的最后影像？

　　黄河冲刷激荡，千万年以后，北长滩是否会再露出水面，滔滔不息黄河水带走记忆的尘土，后人是否还能辨别出北长滩人摩挲出的印记？

　　但总有一天，会有一个孩子再次拾起北长滩孩子匆匆落下的那颗小小的黄河石子。

　　总有一天，黄河畔，那座山村那群人，那些故事，会再次在时光中浅吟低唱。

　　　　　　　　　　　　　　　　（原载《西部散文选刊》）

我

　　我曾在加西亚·马尔克斯的《百年孤独》中读到这样一句话："过去都是假的，回忆是一条没有归途的路，以往的一切春天都无法复原，即使最狂热最坚贞的爱情，归根结底也不过是一种转瞬即逝的现实，唯有孤独永恒。"当时，尚且年少的我受到了强烈的冲击，它打碎我记忆之境的玻璃，碎片应声而落，稀碎满地的那一刻，我被真真切切地从"过去"中剥离出来。现实的孤独感刺痛着我的躯体，我看到了我——绝对存在且永恒的我。

　　孤独的我是永恒的，但人生在世本不应该如此。受苏子壬戌之秋七月既望之夜小舟夜游赤壁之下的深深吸引，我决定去远行，用脚步丈量这颗孤独星球，我要去找我自己，现实中呼吸着的自己。

　　那年夏天，我踏上了腾格里沙漠之旅。自幼生活于江南水乡，我还从未亲眼见过绵延千里万里的沙丘。想象中孤立于沙海的图景，使我魂牵梦萦。这样，我义无反顾地联系了当地的旅友团，来了一场说走就走的沙海旅行。

　　舞是从傍晚跳起来的，欢呼声一坠地，留宿的旅友们就从各方聚拢到绿洲边的营地中。舞步踏起来了，手与肩围起来的圈旋转起来了。跳的是篝火舞，火呢？

　　篝火，就这么生起来了。火光映在了每个人的笑颜上。乐，奏起来了，鼓点击打着。火愈旺，乐愈疾，欢呼声愈高亢。我被这热浪驱动，加入了舞动的人群。

　　乐声操控着我们的脚步随着律动时快时慢。领头人一声吆喝，所有人都踢着腿，向篝火靠拢，又一声吆喝，再跳一步向外散开。聚拢、散开，再聚拢、再散开。疯狂地转圈，疯狂地跳着，疯狂地喊着、叫着。毕毕剥剥燃烧的篝火，火星四溅，火舌狂舞，烧到了我的发梢，烧到了我的脸，烧到了我的四肢与躯干，疯狂跳跃的篝火烧到了我的瞳孔中，直直地穿透了我。

　　当我映满火光的双瞳，看向篝火时，我看到了我。此刻燃烧的不是火，是我。

　　我在跳跃、跳跃，跳跃着旋转，跳跃着翻滚，跳跃着欢呼雀跃！

　　我惊恐万分地离开了人群，跌坐在沙地上。绿洲的湖上，吹来凉风，带着些水汽，我低头隐约看见篝火倒映在湖面上。

　　湖面阵阵涟漪泛起，人影忽然出现。她从那篝火的倒影中生出来，浮出水面。她向我靠近、靠近。

我一定是疯了，这绝不可能发生。我没有办法呼吸，四肢不听使唤了地瘫软着。我的瞳孔急剧收缩，惊慌失措，死盯着她。

不要过来！不要过来！这是我唯一的想法。

她依然在一点点、一点点地靠近。

我知道，我知道这是我，我一直寻找的现实的我。可我从未预料到是这种方式！我不敢看、我不敢……

双脚又突然启动，我飞奔进帐篷里。

我哭着，不是因为惊吓，只是莫名地哭着，我不敢看、我不敢看我。

害怕悲剧重演我的命中
越美丽的东西我越不可碰
……
仍静候着你说我别错用神
什么我都有预感
然后睁不开两眼看命运光临
然后天空又再涌起密云
然后天空又再涌起密云

在王菲唱的歌曲中，我又一次重重地坠落。《百年孤独》为我设下了名为孤独的深渊，我亲自踏入。

泪忽地止住了。在这个绝对静止的空间中，被共称为"记忆"的物件通通撤去，我犹如从母体之中剥离出来一样，赤身裸体，站立在这里。她向我走来，我双眼紧闭，张开双臂，紧紧抱住了她。

永恒的我，绝对存在的我，呼吸着的我。

"你好，我。"

（本文获"潇洒桐庐"长三角青少年散文大赛决赛银奖）

（原载《中国作家》）

殷越专辑

作 / 者 / 简 / 介：

　　殷越，女，2008年生于苏州，苏州高新区作家协会会员，江苏省苏州中学园区校初二学生，在《参花》《西部散文选刊》《湖州晚报·散文诗月刊》《苏州日报》发表散文诗，喜欢在绘画和写作中发现诗意。

鲸

1

鲸带着大海送与繁星的信封，它要横跨整个宇宙，完成一次海与天的对接。

太久远的故事，这是多久以前的故事啊，久到大海仍由蓬托斯掌管，大地母亲正与天空之神惊鸿一瞥。

但是鲸的眼里透出虔诚的光。

它摇动着鳍，向北方游去，向繁星的故乡游去，深蓝色的身体渐渐与海洋融为一体。

一切又归于深邈的沉寂。

2

鲸太大了。大到装不进我童年的画纸，装不进我梦境的歌谣。

但我在午夜时分，在杂念被风带去的时候，我跨越了我的海洋找到了你——我的朋友。

身侧苍白的斑点是岁月的痕迹，鲸嘴角含笑，用身体谱写了大海最壮阔的旋律。

那么平缓，却又摇曳生波，高潮迭起。

迂回的海水，透出鲸的身影。

3

鲸游了很久很久，偶尔它会往上，穿过海面，看一望无际的蓝，黄昏日落的橘，天边透亮的星。

　　但它深知它们不属于它。于是片刻鲸又回去了，仿佛一位祈祷结束的信徒。

4

　　鲸有多美好，其实我也不知道——我甚至没有见过它的好。

　　可在早晨数着车窗上落下的水珠时，中午无神望着远方碧波荡漾时，我总会在远方听到鲸的哼鸣。

　　那么清晰，是从天边而来，引诱我丢掉一切复杂的情感，鲸不跳舞，它的一切慢动作更像是自然的下沉。鲸鸣，是它的呼吸，还是歌声？渐渐地，我也分不清楚了。

　　山峦，树林，天空，脚印，这些陆地的生物融合在一起，竟勾勒出了鲸的影子。

　　于是我请求风为我捎信。

　　"请让鲸，让它将我不切实际的幻想，带到它们的归宿吧。"

5

　　鲸太善良。

　　忽略陆地对它的排挤，忽略时间造成的伤口，忽略鱼儿吐着泡泡的嘲笑。

　　它还有很长的旅途要完成。

　　执着的鲸，悄悄将眼底的寂寞和不堪，化作尘埃丢向海底。

6

　　书上说，鲸是会唱歌的。

　　唱歌的鲸成群结队，抛弃调音不准的鲸，书上说，唱歌音律与群体不同鲸将孤独一生。

唱歌跑调的妈妈有爸爸保护，那唱歌跑调的鲸呢？

也许我的鲸就跑调了，因为它总是独自出现。想到这里，我笑了。

7

鲸在海洋的尽头，见到了天空的眼睛，璀璨的繁星接过信封，赐予鲸一次永恒的吻。

上帝问鲸是否有他的归宿，鲸笑而不语。

在那一刻，它的身体开始下沉，仿佛一块坠入大海的石。

鲸却始终是含笑的，像是迎接自由的洗礼般，它的眼里再次透出虔诚的光，

繁星试图拉住它，可也无能无为。

"你……可曾后悔？"

鲸还没有回答，但他发出了一声绵长的哼鸣，像是一首精短的歌：

"从——未——"

（原载《西部散文选刊》）

殷越自配插图

西部之歌

草　原

在这里人们尽情地歌唱。

从不熄灭的火在这里无声燃烧。

这里，没有江南的温情。像是一捧烈酒，洒在身上，隔着皮肤感受辛辣且凉爽的气息。

没有边际的原野朝四周扩散，没有纯粹的绿，只见草与泥紧紧拥抱，聚集。留下大片泛黄的土地。

我来到你的边缘，悄悄地诉说本来不及说的话。

在世界的尽头，天光悄然破晓。

扎　西

我骑的马叫扎西。

扎西只有三岁，已是漂亮的棕马，刚长出的鬃毛由深到浅，富有光泽。

它的背像是天鹅绒包裹所成，骑上扎西，仿佛拥有了整个草原。

随着牧人的呼喊，扎西开始驰骋，用它的马蹄踩过带露的青草泥土，我隐约听到了马蹄跳跃的声音和风呼啸融合。

最终，我们来到了一望无际的湖泊，望着闪着波光的浪花，扎西停下，发出长长的嘶鸣。

我下马，轻抚她的头。眼里明亮的光仿佛扎西在笑。

云　海

自然害怕天空孤独，创造了云。

她在云中加了些什么？

丝绸与棉花，颜料和香薰。

我坐在白色的飞鸟上看你的百态。天地相伴，你温顺得像绵羊，厚重得带走光辉，那是云送与天空的礼物。

风带着你舞蹈，顿时雾霭氤氲。

无数个日夜，云在天广阔的襟怀下，诵着自己的歌谣。

而我明白，今天我所听到的，也只是万千歌谣中的一曲而已。

天空之境

漫步在茶卡盐湖，仿佛来到另一个空间。

连绵起伏的山峦，湛蓝的天空，带着羽毛般的云，悄无声息地在湖面上留下了神圣的印记，以至于鞠身所看到的只有水下一层又一层的盐晶。

天空赐予盐湖洞悉一切的能力，日光为她轻轻地戴上明镜制成的冠冕。

而我只想放慢脚步，将自己融入这片景，像远处的山一样沉睡在静谧的湖中，听一首属于夜晚的歌。

鸣沙山

鸣沙山的黄昏没有残阳如血，只有鸣沙姑娘望着游客与骆驼不知所措的目光。

在她身上没有过多华丽的装饰，单单是一深一浅的沙黄，就将"无似有"的韵味渲染得犹如一朵高岭之花,吸引无数人前来采摘。而鸣沙只是垂下睫毛沉默不语,她只是坚挺着,直视远方高到无人看清的目光。

谁又注意到,鸣沙也曾悄悄地弯腰,在月牙泉如玉般水面上静静端详过日月的影子。

"月牙泉的水从哪里来?"

鸣沙深深凝视着远方,

"是我思念的泪水。"

敦煌莫高窟

过于长久的沉寂,令这里失去了曾经的辉煌,莫高窟摊开手,将历史毫无保留地展现于人们。

顺着墙壁,我摸索到了几千年古人的文明的结晶。

褪去的鲜艳从不失庄重与优雅,古佛慈祥地俯视众生,永不改变的似将这一切烦恼抛于脑后的微笑。

恍惚间,我听见壁画上手抱琵琶的飞天仙子,唱起了动人的乐曲。

雅丹魔鬼城

从前有八位年轻的南方姑娘,是如此活泼欢乐,她们将笑声蒲公英般撒满大地。她们学院深造,怀揣地质学家的梦想,来到这片荒芜的土地。

这里折断了她们刚丰羽的翅膀。1955 年,这八位姑娘永远迷失了方向,在魔鬼城再也无法脱离噩梦。

如今,66 年过去,这里的天依然蓝得透亮。这般寂静,仿佛一场悲剧被时间的漫沙冲刷,裹挟了。

静止的沙地波纹像是惊涛骇浪,下一秒仿佛就要翻天覆地。

具有峭壁的小山，这正是雅典的诗意。被风沙腐蚀的山体一直延伸至远方，没有尽头。只有顽强的岩石苟延残喘，在烈日的烘烤下，一切散发着金色光芒。

过于强烈的磁场使罗盘失效，在自然的操控下，人类的真理不堪一击。自然又是雕刻家，雕出山石古铜色的深邃眼窝，塑下无数双眼睛守望长睡于此的灵魂。她们化作土，化作沙，与雅丹相拥而眠。

我凝视这些沙丘，就像凝视牺牲的姑娘们。也许我正踏在她们其中的一根羽毛或者凋谢的一朵花上。

我踩着她们的青春。

而这夺去生命的大口，却平静至极。自然的力量可敬又可惧，但那八位姑娘——她们的坟墓不该在这里。似血的残阳，暗红的沙丘。有什么在层层旱土下流淌？地心深处，我仿佛听见了她们的低吟。

她们的青春被吞噬了，但灵魂如金玉般不朽。

水上雅丹

漫步沙滩，远处是大片湖海。

雕沙堡的孩子，拍照的年轻人，望海的老人。带有海盐味的风拂过人们的发梢，远处的白云与帆隔着天空对望。

脚尖的水被浪潮轻轻推搡，藏在细沙下的水草贝壳清晰可见，石子躺在沙的怀抱里，像安睡的婴儿。

大海纯粹、自然的渐变，像铺开的地毯，褐色的岛屿从海中冒出，默默地卧着。我从奔走的海风中寻找欢乐，从拥挤的浪潮中寻找恬静，白、翠、蓝的交织，像大片的翡玉。

这里的雅丹是幸福的。太阳为它们微笑，海鸟成天盘旋在它们身旁。卧在海的拥抱里，它们不需要任何多余的装饰，只

是静静地快乐就够了。一切像是被整个包裹在一块蓝水晶里，晃晃地明亮着。

幻想成为一条鱼，在海中跳跃、遨游；幻想成为一只鸟，看这里的水天一色、风起云落。水上雅丹是自然赠予甘肃的一份湿润的礼物，也是我的心之所向。我要取走一小片海风，悄悄将它藏进心里。

返璞归真

无须前进，眼前即是天堂。

无数尧熬尔牧人将你围起，大声诵唱，跳起篝火之舞。

"腾格里大坂，腾格里大坂。"

这是一个必须骄傲喊出的词，因为你是天之山，在层出不穷的颜色背后，是即将喷涌而出的狂热。

风的从容造就柔美的线条，极力远眺，你是那么的遥不可及。拥有"手可摘星辰"的巍峨。大海干涸，揭开你的面纱，草的前呼后拥，自然将世间最艳丽的颜料交付于你。

手掬一捧泥土，我在你广饶的胸怀飞翔。

人世的喧嚣浮尘，怎会打扰祁连的群山原野，哪怕寒风刺骨，远方的雪山最终也会含笑捧起哈达，赠你一抹洁白。

过于目不暇接的青绿、碧绿、深绿、浅绿，足以令人感到怅然的远方，要将天空吞噬。

成群的牛羊，是繁星的使者，听不见策马扬鞭，旷野的静寂覆盖一切。

天地间满是云的影子。

"你微微笑着，不同我说什么话，而我觉得，为了这个，我已等待许久了。"

夕阳自豪地告诉我，草原也可以五彩斑斓。

　　黄昏的草原，暮看雾霭，生出美丽的变幻。

　　日光披着灿烂的裙裾，将草原不曾拥有的暖色卷毯般地铺开，轻轻地铺在大地的阴影里，顷刻间，红、橙、绿，呈现出别样的光谱。草原更像是一个微观世界，与天边的残云对望，迷雾散去，一切仿佛被时间凝固，以至永恒。

　　黑夜迈着沉默的脚步，藏匿在晚霞身后，他俯身对草原耳语：

　　"你的光明所剩也无几。"

　　"何必掩埋？"

　　草原笑着回答。

（选自《西部散文选刊》）

秋日三章

秋日的路

夏日的繁华日渐淡漠，天空清澈悠远，偶尔飘过几片金黄的落叶，使秋日的韵味愈加深沉而含蓄。

我和小伙伴们在秋日的陪伴下开始了灵白线之旅。

通往山顶的小径散发出自然的气息，它没有任何修建的痕迹，又窄又弯，但也算平坦。两侧的树木，为我们遮挡阳光。渐渐的，人多了起来，树木稀少了起来，山丘的坡度也陡了起来。也许是秋老虎的缘故，天气逐渐炎热起来，我的脚步也变得踉跄，走一段，挽一段，像个机器人一样不停地攀爬。

直到终于感受到风的吹拂，才恍然居然到达山顶。不知道过了多久，感觉一切都轻飘飘的，恍如梦境。远眺，城市风光尽收眼底。被白云笼罩的山峰显得朦胧又有美感。眼前是一片又一片参差的绿和平静的蔚蓝，陡峭的山与无垠的天相得益彰，高山和天空原本就是孪生兄弟。

回看自己走过的路，依然沧海一粟。但我突然信心倍增，我知道，在远方，永远有一段更加漫长和艰难的路在等着我……

银杏·叶

金黄，夹杂着一丝青翠。

墨绿，渲染着一簇璀璨。

你如画家泼洒的颜料般纷扬在枝头，但你那富有层次的渐变却是用颜料怎样也无法调出的。

你如清脆的黄莺轻立在树梢，微风拂过，你用无声的喉咙歌颂着秋天的一切美好：丰盈、成熟、美丽……

窗外、街边，到处都是金黄。我看见你在枝头微笑、舞蹈，是那么热烈，差点让你飞离树的怀抱。可你似乎并不害怕，依然尽情地跳着，笑着。花儿为你歌唱，草儿为你鼓掌，整个秋天都成了你的舞台、乐园。

直到有一天，我看到你飘落在窗台上。尽管远离了生长了整整一年的大树，你的光华却丝毫不减。斑驳的树影轻落在叶片上，使平整的金黄增添了一丝丝的纹路。它们很亮，却丝毫不刺眼，反而显得平静、安详。

沉默了整整三个季节的银杏叶，在秋里找到了它的归宿。虽然只有短短三个月的光阴，但是对于银杏叶来说，这已足够。它在秋天展露风华，然后沉默、展露、沉默……如此轮回。银杏叶并不孤芳自赏，但它在合适的环境与时间下，尽情地享受。这个就是人生的意义吗？

我轻轻拿起了落在窗台上的银杏叶，透过阳光，银杏叶的叶脉如同交错的小溪一般，是那么美好，又是那么恬静……

玫红色的野花

我家的灌木丛下有一些玫红色的野花。远远望去，就像有人不小心把红色、粉色、白色的颜料泼洒在地上，染成一块，时间久了就成了这富有层次的玫红色。

微风吹过，纤细的花茎带动花儿不停地摇曳，一团团，一簇簇，仿佛是一群红衫绿裙的女孩子在嬉戏打闹。

我不知道那些花儿的名字，但总觉得有些眼熟——哦，小时候我们搬家前，路边也总是摇曳着这些野花。那时候，我最爱捉蝴蝶，而最美丽的菜粉蝶似乎很喜欢在那些野花上歇息。

雪白的蝶，玫红的花，灿烂的阳光和青青的绿草，在我的童年里留下了美好的记忆。

每次捉完蝴蝶，我总是揪一把野花放进花瓶里，然后把花瓶放在阳台上。玫红色的花儿在阳光的照耀下绽开花瓣，慷慨的阳光为花儿镀上了金边，更加绚烂多彩。

（原载《参花》）

春 分

雨淅淅沥沥地下着，轻柔地落在我的手背上。

像铃铛一样清脆，叫醒了泥土，叫醒了树木，叫醒了万物。我深吸了一口湿润的空气，享受着来自春分带给我的安宁和平静。

翻开《邹英姿刺绣艺术作品集》，绣品《春分》带来春的气息。湿润的泥土，嫩绿的新苗，惺忪的昆虫，清鲜的空气，大师用绣针勾勒出春分。

一块绣绢，因大师的一针一线形成了一幅生机勃勃的春景。大师运用自创的滴滴绣，一针一线精心绣出那一小棵被春分叫醒的新苗，淡绿和嫩绿的交错。新苗的萌态和勃勃生机搅醒了春梦，那晶莹的露珠，是春分送给春苗的项链，也是大自然对新苗的歌唱。嫩嫩的绿芽边，一只小小的，睡眼惺忪的瓢虫艳丽鲜红，如同一颗耀眼的红宝石，为绣品增添了一抹亮色。新苗和瓢虫上的紫金庵的泥，邹大师也别出心裁地点缀在最适合的位置。

春分的美好，被大师的一针一线表达得淋漓尽致。

三月的樱桃花

　　三月，一朵洁白的樱桃花绽放于被冬天冷落了三个月的枝头。

　　三月，当其他的花儿正攒着力气冲破冬天的束缚时，樱桃花已经备好了花苞，做好了盛开的准备。只待春姑娘翩翩来临，轻轻一抚，樱桃花就如同受到邀请一般，纷纷展开笑颜。

　　三月中旬，樱桃花笑得愈来愈灿烂，说她灿烂，却也让人感觉不到一点张扬之意，只是那么安静地开着。在太阳的照耀下，整棵樱桃树就像挂满了璀璨的珍珠一般，令人心旷神怡。走近一些，一股淡淡的花香扑鼻而来，那片片无瑕的花瓣，被阳光沐浴得好似透明的白玉磨成一般，花儿旁还不时有几只勤劳的小蜜蜂嗡嗡嘤嘤。

　　不是所有的美好都是永恒的。三月底，樱桃花的花瓣落入大地的怀抱，树上的花儿随之凋谢。凋谢的是花瓣，却把希望留在了树上。我开始日日盼望那满树红红的樱桃。

我的飞鸟们

这是新学期的第一天，一切物品仿佛都披上了崭新两字，全部都不普通了。微微闪着亮光的书桌，夹杂着淡淡清香的床铺……就连窗外一群洁白的飞鸟唱着的旧歌，也变得悦耳动听了——我望着它们，突然感受到了泰戈尔《飞鸟集》第一句话的美了。

"夏天的飞鸟，飞到我的窗前唱歌，又飞去了。"我嘴角挂着这句话的清新，上学去了。

感觉一切都没有变。学校的大路，路边的树木，树上的花朵，但感到一切又夹杂着新生的喜悦，飞鸟们悠然在我眼前唱起了旧歌。

校门口也没有变，唯有那棵梧桐树似乎胖了一圈，树上嫩芽满枝，愈发显现出它的可爱。

教室里，同学们欢笑依旧，仿佛从寒假前就开始谈笑，一直笑到开学。这也如飞鸟和它们的旧歌一般美好——我在手心描摹，想把他们的笑容记录下来，留作毕业后最后的一丝记忆。想到这里，我不禁笑了。

语文老师的晨训依旧滔滔不绝，让人找不到任何缝隙的言谈，也让我感到十分亲切。

数学老师在一旁调侃好多同学又胖了几斤，同学们不禁大笑起来，还有一些同学不停地捏着肚子，喋喋不休地问着别人自己胖了没有，结果只遭到一记记白眼。

整个教室却暖洋洋的，就像出炉的糖果伴着炊烟，不带着一丝辛辣或者别的什么异味。

英语老师让我们读书，摊开书本，我发现新学期的第一抹阳光轻轻地落在了书本上。望着同学们认真的侧脸，我觉得自己应该更努力一点了啊，望着这群飞鸟们，我笑了。

不知不觉，窗外淅淅沥沥下起了雨，书声跟随雨声飘进了耳朵，异常清新，是太阳雨吗？我不知道，我只知道这是新学期的第一场雨。同桌问我雨大不大，却被英语老师一记眼光瞪回去了。

老师的话语断断续续进了耳朵，不时被一些调皮男生的话语打断。当我的目光从窗外移开，看到老师哭笑不得的脸与同学们愈来愈大的笑声时，我不禁将眼前的一切再次与飞鸟融合在一起，我忽然觉得这个班一点都没有变。

飞鸟唱着歌，属于它们的歌，在我身边翱翔。一切是崭新的，却也没有变化。

"世界上的一队小小的漂泊者啊，请留下你们的足印在我的文字里。"我忽然想到了《飞鸟集》里的另一句话。

望着这群飞鸟，我不禁又笑了。

（原载《苏州日报》）

梦一场

我是个彻头彻尾的疯子。

梦里，我正在阳光房晾衣服，上午的阳光透过玻璃照在身上，暖乎乎的。我家比较大，阳光房的一个落地窗，便是地下室的通风口，拉开窗子可以直接爬进地下室。当时我正拿起湿衣服准备将它挂上衣架，突然感到一阵脊背发凉。我听到了一阵窸窸窣窣的轻响，从身后传来。侧耳细听，是一个人用很高的音调正在轻声说话。

"来，来……下来陪我玩吧。这里很好……陪我玩下来……"具体说了什么我也记不清了，反正是类似云云。而且不同的是，说话的人用了一种诱惑别人的诡异声调，听着毛骨悚然。

我浑身的肌肉绷紧了，脑子中一阵恍惚。混沌间，我甩甩头，那声音竟然消失了。阳光房里一片寂静，似乎从未有过什么声响一般。于是，我将其草草归咎于自己幻听，又专心做起了自己的事。时间一晃到了午后，我与妈妈吃完午饭，便打开电视一起看新闻。电视打开便是一个频道，我耳中顿时充满了女主持人清冷的声音：

"近日，我市出现一连环杀人案，已犯下多桩凶案，且多谋杀的是妇女或者儿童。目前警方仍在追捕杀人嫌犯，其仍潜逃于本市，请广大民众务必锁好门窗，不轻易开门……其人擅长诱导受害者……"

之后的声音我便什么也听不见了，只是木木地盯着电视屏幕上那个杀人嫌犯的照片：蓬头垢面，披头散发，像个疯子。然后我想起了那个声音。

那真的是幻听吗？

一股本能的恐惧感像巨石压得我心上反胃。杀人嫌犯潜伏于家中伺机行凶，这并不是罕见之事。我的思绪像一团乱麻，一时间竟梳理不出头绪。阳光房只有一扇玻璃门和落地窗，玻璃门是通往客厅的，光明敞亮。而且客厅里妈妈一直在沙发上未曾离开。落地窗……落地窗通往地下室。我晾衣服时，有时会瞥见那里。窗后常常是一片黑暗，像潜伏着野兽的深渊，所以我不敢常看向它。所以声源……恐惧与自救的本能使我不带犹豫地将上午的经历以及我的猜测一股脑告诉了旁边的妈妈。她听后一脸凝重与担忧，还带着一丝恐惧。思索一阵，我们决定去地下室看看，毕竟到底是真是假还有待探索。

但下定决心后，我和妈妈反而犹豫了。我们似乎对去地下室有一种深入内心的恐惧，并想尽可能地拖延它。我感到我们正在疯一样逃避恐慌。妈妈和我泰然做着下午的事。做作业，打扫卫生，出门买菜……但是最终，我们都被拖进了恐惧的旋涡。脸色愈加苍白，心脏怦怦乱跳。

最后去地下室竟拖到了晚饭后。我不再想去，天已经黑透了。可妈妈一反常态，有些歇斯底里地叫着要去。可我分明在她的眼中看到了我们混在一起的，随着时间推移飞速膨胀的恐惧。

还是去了。地下室是我们娱乐的场所，除了几个储物柜、台球桌和按摩沙发，几乎空无一物。

奇怪的是，我们搜遍了整个地下室，该翻的都翻了，一个人影也没看见。地下室明亮得像辉煌的小殿堂。正当妈妈松了一口气，我叫住了她。我想起了什么，手指颤抖地指向了那两张按摩沙发。

"沙发里空间大，也可以藏人……"我感到我说话的尾音都有些哆嗦。

妈妈什么也没说,她缓步走上前,抚上了其中一座沙发。我看见她抖着的,出了冷汗的手指。我们一齐蹲下,开始拆沙发侧边的拉链。拆到一半,我们惊呆了。沙发的内衬恰好体现出一个人形的轮廓。

恍惚间,我发现地下室原本明晃晃到刺眼的亮光正飞速熄灭,只剩台阶口一点微弱的白光。一切都疯狂地变暗、变黑。妈妈看见那个人形轮廓的一瞬呆了一会儿,随后撕裂般尖叫了出来。恐惧扼住了我的喉咙,不让我出声。妈妈像发狂的野兽扑向一边,不知从哪掏出一把细得像针一样的匕首,对准那个人形的胸口便刺了下去,十分恐惧地又用红色的幕布蒙住了我的眼睛,于是我又看不见任何鲜血。妈妈嘶吼着,攥着匕首对着它扎了又扎。不知道什么时候我也拿起了匕首。恐惧撑破了我的头颅,促使我也似绝境的野兽一样号叫。恐惧带着疯狂与绝望在我们身边旋风一样刮着。

不知什么时候,我们停了下来,喘着粗气。地下室更昏暗了,我甚至连妈妈的脸都看不清楚了,只看见一对惨淡的眼白。依旧颤抖着,我们合力将沙发中的那个人拖了出来。但当闻到那发霉的气味和触到他腐烂的手腕时,我的心跳漏了一拍。他早就死了,沙发里藏着的是一

殷越自配插图

具尸体。

妈妈无力地跌坐在地。恐怖的乌色火焰在地下室燃烧，逼迫我们走出下一步棋。我望着那个被拖出来的家伙，心中只升腾起一阵龙卷风似的反胃。一切天旋地转。地下室现在完全黑了，除了台阶口那一点微弱的白光。

我缓缓地站起身。一瞬间，我又听见了那个熟悉的窸窸窣窣的声音。妈妈抬起头，脸上顿时僵住了。但我感觉她不是在看我，而在紧紧盯着我身后。我忽然明白了，但身体就像被定住一样，丝毫动不了。

像个生锈的机器，我生硬地回过头，但还是禁不住腿一软，跌倒在地上。一个人影挡住了最后那一点白光站在我身后。他蓬头垢面，披头散发，像个疯子。

【点评】这个梦记得十分的好，有完整的故事和具体的情节，细节也很到位。特别可贵的是，它完全是梦幻逻辑，体现了梦的真实性。

张鲜明

（张鲜明，中国作家协会会员，河南省作家协会副主席、河南省诗歌学会会长，被誉为"幻像摄影"的首创者、"梦幻叙事"的实践者、"梦幻诗歌"的探索者。）

向敏琪专辑

作 / 者 / 简 / 介:

　　向敏琪,女,2006 年出生于苏州吴中,江苏省苏州第十中学(苏州大学苏州十中附属中学)高二学生,西部散文学会会员,多次参加各类作文大赛,在"全国中学生创新作文大赛"中获江苏省二等奖,在《西部散文选刊》发表作品。

等候着

我等候着能够救赎我的一次感动
一份不甘而又渴望的平庸
我等候着任何灿若樱花的爱意
准备接受月光下眼泪的洗礼

我等候着我的过去对我批判
"你终究是活成了世俗的模样
你的自命不凡，你的诗人气概
你的孤傲，你的不顾一切？"
我等候着活成不是我的我
尘埃般的理想，枯萎的爱意
以及，我所有遗忘的动容，所有拯救我的诗集
"别人笑我故作深沉
不料这世俗更加沧桑。"

我等候着突如其来的打击
但我只是不想那么努力，
努力得没有目的，没有自己
仿佛是为了打败别人才努力
我等候着为自己的随遇而安付出点什么
我真的不想去争，争着长大
但是，就像他们说的，我得活着

我不得不去获得一些生存的逻辑
孤傲的人会因为自己的孤傲死去

我等候着未来的我去成为过去的我
拥有如此明亮的精神
拥抱，守护每一个愿意爱我的人
我等候着今年春季的第一朵樱花
和让我感动的生命们一起感动

我等候着遁入幻境之中
我曾在梦里遇见你
你对世界的爱从来没有老去，你的诗集从来没有结尾
你的名字，将是世界上最幸福的名字
我等候着如同月光的汹涌
在这镜子般冗杂的城市里，他们忙于奔波
而我只愿在足够淹没这城市的浪涛里
歌咏一块石头

菱池如镜净无波

漫步走在湖边青石板铺就的小路上，看着湖面上那几点青绿，轻轻地推开锈迹斑斑的大门，沉封中的记忆被唤醒。

那是一股特殊的香甜，简单到只需一勺水，一把火，是外婆柴火锅中菱角的味道。江南多水，菱角自然也多。江南的水清浅温驯，正适合菱角的生长。

君到姑苏见，人家尽枕河。菱角在小池塘中一个劲儿地向上，在大湖中也照样长得挤挤挨挨，热热闹闹，它在哪儿都能生长。就如远嫁的外婆一般。外婆家后边的小池塘中挤满了菱角，在陌路人眼中它只不过是一株株过路的杂草，但在我的心中，它却是与外婆一起陪伴了我整个童年的珍宝。

八月寒塘静无波，暗香微掠妒鬘蛾。外婆知道我从小就喜欢吃菱角，每年一到盛夏就带着我一同去采菱角。那时湖面上铺满了密密麻麻的绿色，放眼望去，一圈圈，一团团，一堆堆全是绿油油的菱盘，荡漾在碧水清波中，翠绿喜人。我与外婆每人乘一只木头盆，挎着小竹篮，用手划水向前。轻轻地掀开菱盘，只见大大小小的菱角藏在枝丫后，个个长得嘟嘟囔囔的，像一个个大元宝。我迫不及待地挽起袖子，瞪大眼睛，伸长脖子，像外婆一样把手伸得老长，左手揪住菱盘向上用力一翻，右手使劲一招，一只只鲜嫩的菱角如同调皮的孩子一下子滑入我们的手中。外婆手把手教我采菱角让我内心溢出满满的爱与温暖。

菱池如镜净无波，白点花稀青角多。我是吃着外婆煮的菱角长大的。记得第一次吃菱角我竟连壳一起啃起来，啃不动也剥不动，急得满头大汗，撇嘴就哭。外婆温柔地摸着我的头，慈爱地笑了。只见她拿起一只菱角，双手按住菱角的两边用力向下一大掰，中间裂出一条小缝，然后沿着菱角的中心线掰成两半，再从菱角一端向另一端顶去，鲜嫩嫩脆口的菱角肉便露出来了。我满足地将菱角塞得满嘴都是，带着清香，又脆又甜。我爱吃菱角但却不会剥。每年这时，外婆都会剥好菱角送过来。望着满满的菱角，我知道这是外婆沉甸甸的爱，充满了我的内心。

沉竿续缦深莫测，菱叶荷花净如拭。三四月是菱角种植的最佳时间，每每到了这时外婆就忙碌了起来。不仅要挑选优质的菱角苗，还要除去池塘中的杂草，让菱角舒舒服服地生长。

小时候只觉得种菱角十分有趣，总是缠着外婆要跟着一起去。去往池塘崎岖难走，还没到池塘，我便累得腿脚酸痛。这时外婆总是将我背起来，若是带篮子便由我挎着，若是锄镰棘矜之类的大家伙，自然还是得由外婆扛着。那时年纪小不懂事，我总是笑着说外婆的力气真大。

"你这个小坏蛋，把我背都压弯了，我这就把你扔下去。"外婆打趣道，然后故意使劲摇晃一下，我哈哈地笑了，外婆也笑了。

外婆的背随着崎岖的田间小路不停地四下颠簸，而我却在这个清瘦而又佝偻的背感受到从未有过的安稳和宽厚，它那样的有力，仿佛可以撑起整片天空。我和外婆一路说着笑着，还时不时用手去抓路边长长的野草，心中期盼着大丰收的到来。在大丰收的时候，外婆将采回来的菱角挨个清洗干净，分好了装进小袋子中，拿个小木盆乘着，分享给乡里邻居。我拽着外婆的衣襟，随她一起挨家挨户地敲门。邻居们听到了是外婆来了都十分开心，接过小袋子取出一只菱角，仔细一瞧笑着说好一只菱角，又捏了下我的小脸逗我，每每外婆看到这番景象都笑得合不拢嘴。

随着时代的发展，留在乡里的人越来越少了，许多青年人离

开这里去到外面拼搏，许多老人离开这里去到城市颐养天年。菱塘里的小木盆也越来越少了，外婆小木盆里的菱角也越来越少了。

清风飓，华街长。生在江南的外婆，生性温柔，就如同那菱角一般，深陷淤泥却与世无争，内心纯净洁白。外婆不来与我们同住，她说她喜欢乡下的安静。就如菱静静生长在菱塘里，外婆辛劳地在脚下的这片土地耕耘，安详地过着自己平凡的生活。

这便是江南人。无数普普通通的江南人大多如此，在忙碌的生活中秉持着一颗纯洁的初心，不随波逐流。他们对生活的淡然与纯粹，令我感动，让我铭记。这些灿烂的细节温暖着我，伴我坚定前行。

（原载《西部散文选刊》）

樱 桃

老家几乎每家都种了本地樱桃，但我们家没有，所以小时候的我很少品尝那种略带神秘和珍稀、脆弱和鲜嫩的味道。

每年春夏交接之际，红红的樱桃挂满树，别人家的多瞄两眼都会心虚，那是自家没有却眼馋别人的心虚。路过时一定会假装不经意看到，然后故作镇定若无其事地离开。人走了，心却迟迟不愿回归，一颗颗红红的小不点挂在树上当真绝美，宛若少女的红唇和娇羞。

风不醒的安静和微风中叶片雀跃的灵动，无论哪一种景象，它一定是魅力之王。不仅如此，还会若无其事不费吹灰之力牵引住你的思绪，让人欲罢不能。

春天，满树繁花争奇斗艳，除了在淅淅沥沥的春雨中欣赏这略带忧郁的清丽之美，还总会情不自禁幻想花落之后，一颗一颗小樱桃冒出来，由小变大，由绿变红的情景。这种期待是悠长和温柔的，小时候不懂，现在才觉樱桃之所以"美味"，一定程度上因为这种期待赋予了情感上的宽容，就像热恋期恋人的眼睛会自动为彼此加上滤镜一样。美得惊艳而真实。

期待和稀有赋予樱桃不一样的地位。如若能够放一颗在嘴里，让香味和粉红铺满唇齿间，定会是那一年最为幸福的大事件之一。可惜我的童年很少有关于樱桃的记忆，我不贪心，这种虽为缺憾的圆满也值得铭记。

事实上，并不能说多美味，没有爆汁的清甜中略带些酸，那粉粉嫩嫩的样子着实可爱，可爱到想不停地吃。每次有些欠缺的满足总想在下一颗得到圆满。

"五一"回家，爸爸特地在隔壁村里买了本地樱桃，现摘的10元一斤。吃了几颗实在是酸，偶尔的一颗甘甜却不够动人，便作罢。

事实上还是车厘子和山东大樱桃实在，甜度够足，肉多还爆汁。但每次樱桃成熟的时候总能在朋友圈儿里掀起一阵分享潮，幻想着粉粉嫩嫩的小不点入口的甘甜，仿佛回到童年，在家中过节时吃到酸甜的樱桃时，拥有无数个圆满。

我并未对樱桃充满执念，反而是爱我和关心我的人以为我对它有执念。比如说婆婆，每次樱桃成熟的时候只要在家，都会买上许多，走的时候还要再备一份。就算再三拒绝，她仍会坚持，也许觉得这种仪式感不可或缺。

小时候的我以为这种残缺是独有和特殊的，殊不知是两代人的共性。樱桃因为其稀有和难以保存，是父母一辈认为的"不可分享的好东西"，而我们虽然没有在童年得到满足，但长大后多少得到些弥补，不再是"不可分享的好东西"。

说来或许有些悲伤，樱桃还是那样的樱桃，人却不是那样的人了。我已经许久未曾见过家乡樱桃树花开的美丽，甚至忘了和城里不结果的樱花有着怎样的区别。

执念并非无缘无故存在，而是因为爱。不管是婆婆还是爸爸，就算那并非称得上美味，也要送上一份，他们在付出和给予的时候得到安慰，同时也期望我们在享用的时候得到满足。

从前的我并不觉得遗憾和残缺是美好的，现在的我笃定它们就是。它们赋予幻想无限可能，从上一辈到下一辈，从今生到来世，从现实到虚无，从明知的自欺欺人到自以为是的安慰，思绪能够触及的地方皆是自由。

江南的阿祖

　　"红阑干畔，白粉墙头，桥影媚，橹声柔，清清爽爽，静静悠悠，最爱是苏州。"我生在江南，是地地道道的小娘鱼，那记忆中的一蓑，一笠，一撑，一划，深深地印记在我的脑海中。抿一口香甜的酒酿，米香流连于舌间，这是世上最好的味道。青瓦素墙，一点，一泼，渲染成江南的水墨画……

　　青石板铺就的小路上染着几抹青绿。七月流火，风徙云倚，我不过两三岁，正是牙牙学语闲不住的年纪，在阿祖生活的那个质朴小村庄里，时而传出我咿咿呀呀学阿祖说话的声音，充满了我和阿祖的各种欢笑声，承载着我美好的童年回忆。当地称阿姐叫阿祖。

　　阿祖居住的阁楼前有一处水塘，犹存十几枝荷花，那荷花如打着脂粉的歌女，又如刚出浴的美人儿面色赤红。叶低垂似的婉转，花妍烂漫如朱唇露齿展笑，莲蓬左右顾盼犹似顽童嬉闹，饱实青涩鼓着脆嫩的果实。

　　这个在水塘里种了香藕的村子，有个美妙的名称——采莲村。历史的画卷推向几千年以前的吴国，吴王夫差挽着西施的纤纤玉手，上船，划桨，拨开水面，捧起莲蓬，采莲村由此而得名。在采莲村的池塘边，每每到了这个时候，我便缠着阿祖驾小船，摘莲蓬。阿祖会给我梳上两个高高的羊角辫，再戴上粉红的头绳。阿祖一边轻声哼着小曲，一边飞快地摘莲蓬。我最欢快的事情就是在倒映着荷叶的水中看我自己，偷偷地做各种鬼脸，然后捡起一颗石子扔进去，水面泛起阵阵涟漪，河面景象消失不见，惹得我和阿祖哈哈大笑。阿祖手上拿着一柄蒲扇，拉着我坐在八仙桌旁，桌子上堆着摘来的莲蓬，我坐在阿祖身边甩着两条小腿，摇着脑袋，吟咏着"小荷才露尖尖角，早有蜻蜓立上头"，那是我记忆中的第一首古诗。接过阿祖剥好的莲子，一颗一颗的，白白嫩嫩的，一把送入嘴中轻轻咬开，先是一股涩涩的味道，随后是淡淡的荷叶清香在嘴中散开，凉丝丝，甜津津，让人回味无穷。我嘴里细细地嚼着，手却伸向阿祖，说着"还要吃，还要吃"。阿祖看着我一边憨笑，一边低声地答应我，满心的喜悦都堆进了皱纹里，那是阿祖陪伴我长大的痕迹。

烟雨霭霭，青石桥，油纸伞，朦朦胧胧间给江南蒙上了一层薄薄的雨雾面纱，江南的倩影模糊在江南的水汽之中，若隐若现，犹如害羞的小娘鱼。细细的柔雨洗刷着灰石小巷，青苔砖瓦，洗刷着曲径通幽处，禅房花木深，洗刷出了江南的水墨丹青画。碧波荡漾，水光潋滟，雨丝激起点点涟漪。绵绵如烟的小雨，给江南平添了三分不可言说的朦胧美。近看那小桥流水人家，罩着一层淡淡的薄纱；远看那江水渔舟白帆，偶尔船只经过，渔歌互答，船家质朴而清亮的歌声在水面上久久回响。

如今我虽已长大，但我最喜欢爬上阿祖的阁楼，它就像一个藏宝阁，里面收藏了各种"宝藏"，也像一个时光相册，记录着我和阿祖生活中的点点滴滴。里面有老式缝纫机，红木老桌，老木椅……儿时我喜欢坐在木椅上，嘴里哼着不知名的曲儿，阿祖轻轻地踩着缝纫机，一唱一和间，一件件漂亮的衣裳就做好了。阁楼的屋顶旁有一个小窗户，低头望去，满塘的荷叶翠绿翠绿的，一个挨着一个，像一个个大圆盘；荷花已盛开，婷婷玉立，千姿百态；莲蓬刚冒出一个头，像一个个小铃铛挂在上面。抬头望去便可以看到软绵洁白的云朵与蓝天，真是"接天莲叶无穷碧，映日荷花别样红"。阳光照在阁楼的地板上，发出暖黄色的光，是如此温暖，就像阿祖的手抚摸过我的头顶。每走一步，木地板都会发出"嘎吱、嘎吱"的声音，像在轻声地诉说着我的童年趣事，也在告诉我老宅的年纪。阁楼上还有一架老式的钢琴，用指腹轻触，发出熟悉而又沉闷的琴声，透露出时间的流逝。

　　最有趣的还是阿祖的那几个大木箱子。打开那几个大木箱子，大多数都是古籍书，我常常似懂非懂地看着入了迷。有一个小巧一点的箱子里面是衣物，金线绣的牡丹织锦缎面，水绿生丝旗袍，银色软缎披肩……漂亮的丝织物件儿，我一件一件展开，喜滋滋地往身上套。"一手的汗，别弄脏了！"阿祖拖长着不满尾音，但眼中却含着笑。"喏，那件，绿旗袍，是我做姑娘时最喜欢的。"水绿的生丝旗袍，沾着沉沉的樟木香。阿祖轻轻地展开旗袍，往身上一比画又匆匆地收起，长长的丝袍拖在地上如荷叶绽开，阿祖看着我会有片刻的失神，我知道那是阿祖在怀念她小娘鱼的时光。

　　阿祖是生在江南，一辈子都守在这里的。阿祖脸上的皱纹越来越多，背也越来越弯了，父母几次想接阿祖来城里住，都被她拒绝了。她靠在老藤椅上，笑着说："在这待了一辈子了，去哪都不觉得比这儿好哩！"但村里的人儿越来越少了。尽管越来越多的老人离开村子，随着儿女奔赴大江南北，母亲也怕阿祖孤单，一有空就回老宅和她聊聊天，听她讲从前的琐事。

　　留不住的时光被相片留住了。小娘子顶着一把油纸伞，一袭水绿色旗袍，身姿婀娜，袅袅柳枝，烟雨笼江，柳叶眉下一双凤眼，绽开的笑颜惊艳了时光。闲梦远，南国正清秋，千里江山寒色远，芦花深处泊孤舟，笛在月明楼。风轻拂，视线渐糊，相片中的佳人成了一团水绿色，遥不可及，却一直深深地印在我的心里。

（原载《西部散文选刊》）

打耳洞

　　打耳洞，穿耳环，一直是装饰的一种。很多地方都有给家中女儿打耳洞的习俗，江南也不例外。女孩子到了十二三岁的年纪，家中的长辈会安排女孩去打耳洞，代表了孩子逐渐成长褪去了孩童的稚气。

　　我的耳洞打得比较晚，高一的暑假妈妈才带我去打耳洞。刚开始决定去打耳洞那几天我是比较激动和忐忑的。想象着好端端的耳垂上打个洞应该很痛吧。但又想象着如果有了耳洞就可以戴上漂亮的耳环，应该也是挺臭美的吧。一直到去打耳洞的前天晚上也还是怀揣这样矛盾的心理。尽管妈妈一直安慰我"没事的，不痛的"，也无法抚平我的内心。

　　第二天，妈妈带着我来到了观前的一家专门打耳洞的店里，前面还有好几个小姑娘排着队，都是和我差不多年纪的。店里布置得极为精致，柜台里摆满了各种漂亮的耳钉，看得我眼花缭乱。

　　没过一会儿就轮到我了，在技师的安排下我坐到了专属的椅子上。只见技师一边微笑着跟我聊着天，一边相当娴熟地在耳垂上消毒，用记号笔定位，我刚要开口回答她的问题，只听见她说"这个好了，换一个"。我顿时松了口气，果然像妈妈说的，就像蚊子叮一下就好了。总共不足 2 分钟两个耳洞都打好了，还给我戴上了专属的银耳钉，也是相当简约漂亮的。打完耳洞，技师一边整理着桌面一边叮嘱我们注意事项。其中有一点就是新打耳洞一定要戴金饰或者银饰满 3 个月才能摘下来，否则耳洞周边肉肉会再生堵塞耳洞的。这一点我这心里隐隐有些担忧。因为马上要开学了，原则上是不允许戴耳钉的。

回到家，我对着镜子仔细端详，我的耳垂上第一次出现了小星星，那亮晶晶的银色的耳钉一闪一闪的，我也仿佛感到我一下子就脱去了稚气，我对着镜子里的自己嫣然一笑。

假期悄然过去，又一次回到了校园。因为刚打洞不久，我仍然戴着耳钉，每次看到老师只能用头发掩盖耳钉，一副做贼心虚的模样。一天早晨出操，阳光明媚，天空湛蓝，我在队伍的最前方看到了迎面而来的教导主任，顿时心头一紧，无比紧张，希望能够躲过主任的火眼金睛。我硬着头皮低着头向前走去。结果还是被主任看到了我的耳钉。并且喊我离开了队伍。那时我心中很不是滋味。

谁知，主任在了解到我刚打了耳洞不久所以才戴着耳钉后，不但没有批评我，还嘱咐我要佩戴纯金的耳钉才不会发炎和堵塞。和主任的一番交谈后我属实松了一口气。

（原载《西部散文选刊》）

记忆的色彩

丹尼·凯曾说过，生活是一块大画布，应该让其充满颜色。我们记忆中的色彩是五彩斑斓的，独一无二，与众不同的。被风拂过的云彩唤醒了记忆，吹散在我心灵深处的颜色，这些颜色承载着的是我们的记忆中最耀眼的时光，这美好的时光或许是小溪那般碧绿，或如麦田那般金黄又或是夕阳的变幻无穷，时而随东，时而随西，此起彼伏，飘忽不定。

盛夏时节，天气酷热。树上棕色的知了拼命地叫着天热。但是门前碧绿的小溪还是一样的宁静一样的清凉，水清粼粼的，如丝绸般滑过，发出潺潺的流水声。我和邻居家的小妹经常拿着游泳圈去小河里戏水，捡起小石子，投向小溪，溅起的水花，飞珠溅玉般把"珍珠"洒向两边。每次都要玩到外婆来催促才恋恋不舍地回家。记忆中的色彩是小溪的碧绿。

金风飒飒，穰穰满家。金黄的麦穗在秆子上坠着，几乎要把麦秆子压断了。这是一座金碧辉煌的麦城，麦子密密麻麻挤着茂密地生长着，颗颗粒粒都饱满圆润。秋风拂过，掀起了一阵阵无边无际的麦浪，浪潮一层接着一层，此起彼伏。后浪未退，前浪又扑过去，金色的浪潮之间几乎没有衔接的缝隙，整个麦田就是一行行流动着的波浪线。那金黄灿烂的麦浪在我记忆中闪烁光芒。

外婆家靠近太湖，是欣赏夕阳的绝佳处。每到傍晚时分，我和外婆一起到太湖边散步。太湖水泛起粼粼波光，闪现出神奇的色彩。太阳渐渐西沉，晚霞渲染着天空变化多端。到了薄

暮时候，天上棉絮似的白云渐渐化成了红褐色，火一般的太阳也渐渐从地平线隐退。这一刻，太阳和大地似乎十分接近，红色的圆球一直向下坠，直到在那熔铁似的红色画布中红球完全沉下，天空才渐渐变成了灰白色。这样的暮色总是带着一种诗意的浪漫，让人在留恋感叹之中唏嘘不已。暮色下的天空总是美丽的，远处天际一片云霞点缀着黄昏，斜阳的最后一点余晖返照着水光山邑，彼此交织成一幅飘动着的画面，瑰丽无比。记忆中的色彩是夕阳的变幻无穷。

　　这是一朵迷路的云，懵懂地到我这来又不肯随众轻易逝去，它为我留下了，也想为我在不经意间，珍藏深藏在心底的记忆，这些便是我记忆中难忘的色彩，也是我人生中的一抹鲜亮颜色。那一抹小溪的清澈碧绿，那一抹金色麦浪，那一抹夕阳……

极限精神

"历史的道路，不全是平坦的，有时走到艰难险阻的境界，惟靠雄健之精神才能冲过去。"革命先驱李大钊的誓言犹在耳畔，道出了精神之重要。"胸怀千秋伟业，正值百年风华"，只因那极限的精神足以烛照民族的未来。

极限的精神，或许是在奥运赛场上体现，运动健将为国争光，全红蝉的跳水，谷爱凌的滑雪等等，我想这些都是极限精神的体现。但我觉得极限精神或许更像"孺子牛"。路遥曾说过："像牛一样劳动，像土地一样奉献。"这样的精神根植于大地，服务于人民，有着责无旁贷的使命感。近代家国震颤动荡之下，从象牙塔的自傲清高解锢，由庙宇转向广场，驰骋于寒冬的原野，叩醒着铁屋子里沉睡的众生，以期救亡图存，将极限精神根植于心中。

以"仁"为至善的华夏文明自古便奠定了"以人为本""家国本命"的孺子牛之精魂，也就是这样的极限精神推动着国家的发展。为天地立心，为生民主命，为往圣继绝学，为万世开太平，横渠一言道明了传响百世的家国本位之心。只为利民的愚公，到三经家门而不入，只为修渠救天下生民的大禹……孺子牛般的极限精神内核于历史之长河反复验灵。

我们从以笔为剑，战斗不止而奋言，"横眉冷对千夫指，俯首甘为孺子牛"的鲁迅先生，从"热气"到"吃亏"书记李连成三领村民三跨产业，以为民之热忱照亮全面小康的图景，从庚子之疫费用全担，疫苗全供应，到全面小康蓝图下，老有所依，幼有所养的"大同"盛世。一代代不忘初心，接续奋斗的中国人冲破困难，攻克难关的艰辛奋斗，中国的发展事业从筚路蓝缕以启山林，到栉风沐雨砥砺前行，这都离不开中国人骨子里的极限精神！

放眼当下，正是因为这极限的精神推动着发展的潮流。在这个"没有人是一座孤岛"的时代，万物互联，声声相印，极限精神势必不应狭于华夏大地，如黑塞所言要"使自己的心脏随着人类心脏的跳动而跳动"在怀揣着兼济天下的信念中关切全人类的发展。于是，就有了镌刻着五星红旗运载着国际抗疫物资的航班飞机翱翔丁穹庐之上；杂交水稻盐碱地的实验将"食无饥馑"的美愿呈递给饥荒胁迫之所；科技实验的发现，科学研究的突破与世界共同探讨。"首出庶务，万国咸宁"是独属于东方古国的实践信条，服务于人民不问国籍，不分种族，在逾越国界的极限精神指引下，带领人类走向"大同"盛世。或许，有朋友心生怯意，毕竟在这个万物皆流，无物常驻的信息时代，高度内卷的时代巨浪磨平了众生的棱角与信心，"为人民服务"似字字炽燃，遥不可期，仿佛那是独属与英雄与不凡的话题。但正如宗白华先生所言"渺渺的微躯只是洪涛的一沤"，也能烛照未来的光明，只需一臂之力，挣脱个体狭隘价值的一次善举，便已将极限精神镌刻于脊。

诚然，在这个席勒喟叹"功利是这个时代最大的偶像"的历史峡谷，钱理群先生所言的"精致的利己主义者"并非不见其踪影，然而身为新时代的青年，理应摆脱冷气，向上走，不必听自暴自弃之流的话，因为"人类生存的唯一意义，便是在纯粹自在的黑暗里点起一盏灯来"。灯灯相筑，方能涌向星辰。栖身于"百年未有之大变局"的历史洪流，雄关漫漫，征途浩浩，唯有靠极限的精神才能冲过去，在精神的护佑下方能抵见前路的"星汉灿烂，洪波涌起"。

虞伯轩专辑

作/者/简/介：

　　虞伯轩，苏州工业园区金鸡湖小学六年级学生，西部散文学会会员，奔流文学院第十六期作家研修班学员，曾获中国日报社中小学生英语演讲比赛江苏赛区特等奖，中国教育电视台希望之星英语风采大赛江苏省一等奖，香山杯·苏州园林青少年美文大赛二等奖，在《奔流》《西部散文选刊》《姑苏晚报》发表文章。

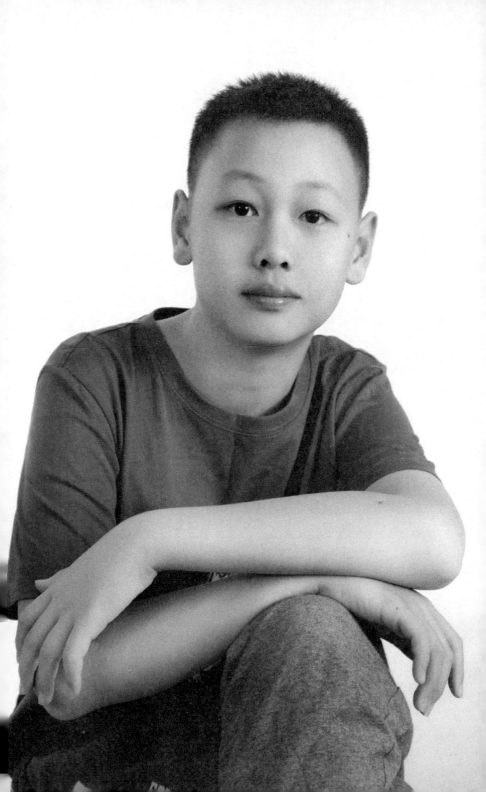

老君山"奔流"记

大巴车顺着伊河一路行驶到它的发源地栾川，一路上山峦起伏，大巴车时而穿过隧道，时而爬上山坡，原来老君山就深藏在两千里伏牛山的腹地。

"道可道，非常道，名可名，非常名。"我一直在琢磨着其中的奥义，追慕着说这句话的先贤。如今终于有机会亲临老子登仙的老君山，参加奔流文学院的作家研修班，希望借此得到古今贤人的泽沐。

亲近大师

在这次研修班的讲台上，群星荟萃，有儒雅的王剑冰老师，他告诉我们，深入生活对散文写作是很重要的；还有娓娓而谈的李春雷老师，他以自身写作的经历告诉我们，怎样不断地积累进而形成豹变一般的飞跃；还有睿智的李佩甫老师，他给我们讲了长篇小说布局与谋篇的玄妙之处……

但最让我印象深刻的是张鲜明老师讲的记录梦境的经历。我还对他讲的一个梦印象十分深刻：他梦里因为考试作弊即将被枪毙，要求看守员让他回家和双亲告别，等他跪别父母回来的时候，感到委屈，悲愤，痛定思痛还是下定决心要逃走。听到这里大家都忍不住笑了，他说醒后他赶紧记录了下来，生怕忘掉。他告诉我们他以一系列的梦境为素材，写了一本诗集。听到这里，我觉得惊诧不已，原来梦境也可以成为文学的素材呀！我想起了我自己做的梦，我梦见自己可以翱翔于天空，狠狠地把自己坐的板凳从天上扔下来；还有一次我梦里和一个人进行枪战，子弹嗖嗖地从我耳边飞过，你一枪我一枪打得好不热闹，等我从墙壁后面偷窥了一下我的对手后，竟然发现这个和我势均力敌的人是我爸爸，顿时我就被吓醒了。我是不是也可以把自己的梦境写下来成为散文呢？

　　到了晚上，旅店的大堂格外热闹，原来王剑冰老师在给一位姐姐写了"晴耕雨读"的书法作品，大家都一拥而上也想要，我有幸挤进去得到一幅。随后韩树俊老师也提笔写了一副对联给我，这副对联初看看不懂，其实反过来就知道它的奥妙啦，原来是韩老师的绝技——反书，写的是"有书真富贵，无事小神仙"。这可道出了我理想中的生活境界啊！随后围上来的人越来越多，学员们也都参与进来信笔挥毫，互赠墨宝。最后带来的宣纸都用完了，大家还意犹未尽。

上山采风

　　一个个身穿红色 T 恤的身影点缀在山道上，有的咬着牙一步一步往上爬，有的抓着栏杆在不断地喘息，有的人在选择角度拍照片，有的看到下面的美景后愣在了原地……其中那个身轻如燕的人就是我。

　　这就是我们研修班的学员一起在老君山采风。我们被索道旋转的电机、互相咬合的齿轮和时急时缓的车厢送上了半山腰。接力的索道又把我们送到了离山顶更近的地方，在山腰上有一路的栈道，栈道曲曲折折，一步一个风景，当地人称之为十里画屏。

　　我是第一个到达山顶的，小树和环绕山顶的木制栏杆挂满了祝福卡，"伏牛山主峰"大石碑旁边的标识牌，告诉我们这个山脉是黄河与长江的分水岭，山峰的一边，雨水形成的水流将不远千里汇入长江，另一边水流将汇入黄河。原来我站在了长江流域和黄河流域的分界线上了呀！

远眺云与山齐，天比海蓝。下面是莽莽苍苍、起起伏伏的山峰，层层叠叠，浓雾笼罩，若隐若现，如仙境一般。云朵把它的影子投在碧波中间。一座座险峻的高山被大自然雕刻成了精致的艺术品，层层叠叠，我脑海中浮现了《西游记》中的一段描写："顶摩霄汉中，根接须弥脉。巧峰排列，怪石参差。悬崖下瑶草琪花，曲旁紫芝香蕙。仙猿摘果入桃林，却似火烧金；白鹤栖松立枝头，浑如烟捧玉。"我第一次感受到人类在大自然面前的渺小，人类在大自然的奇山峻岭面前可不如同蝼蚁？伏牛山南麓耕读的诸葛亮，他最终走出大山，隆中对论，三分天下。追求道法自然的老子，骑着青牛，西出函谷关，走进伏牛山腹地不知所终，只留下了五千言的《道德经》。大山可以沉积不甘平庸的浮躁，可以抚慰历尽沧桑后的疲惫，也让当下登山的我有了"一览众山小"的豪情。

竹舍听雨

住在云景竹舍，我每天都枕着虫鸣和小溪潺潺的流水声入睡，但是有一天我半夜被噼里啪啦的声音惊醒了，另一张床上的妈妈也不见了，我再往阳台上一看，只见大雨滂沱，妈妈却惬意地躺在阳台的躺椅上。我把爸爸也叫了起来，于是我们三人就坐在阳台的椅子上呆呆地望着雨幕。这个时候，时间似乎定格了一样，天和大地都化为了灰蒙蒙的一片，世界上似乎只有这哗哗而下的雨。雨点一个个都激动地奔赴与大地的约会，有的砸在阳台的顶棚上，有的砸在了栏杆上，立马四处飞溅化为了一片片水雾，溅在我们的脸上、身上。此时，整个世界似乎被这灰蒙蒙的雨雾包围住了，天地间只剩下我们这个小小的阳台一般。我深深地吸了一口气，感受这来自大山深处被雨水

滋润的气息，就感觉自己如同泡在一汪清泉中一般。

在那个夜晚，有山，有雨，还有我们仨……

博物馆的邂逅

本来这一天是要去鸡冠洞，但积雨云像一个黑色的大手把天空紧紧地攥着，丝毫不留任何空隙，我们只好改变计划去博物馆。

老君山作为旅游界的后起之秀，它一举成名天下知，但很少有人知道它所在的栾川县，也有一个小小的博物馆。我们趁雨天去参观这个相对小众的博物馆。

博物馆前的广场上，小雨淅淅沥沥地打在各种各样的矿石上。走进大厅，右侧立着一块直径一米左右的绿色的石头，人

著名作家王剑冰为虞伯轩题词

家开始还不以为意，讲解员关灯后，才发现它在黑漆漆的背景中发出了幽幽荧光，如天上的宝物，那一瞬间，大家都被震惊得说不出话来。我想着它历经过了多少波折：火山喷发后，在岩浆冷却过程中，被岩浆分离出来的气水溶液内含氟，在溶液沿裂隙上升的过程里，气水溶液中的氟离子与周围岩石中的钙离子结合，形成氟化钙，冷却结晶后即形成萤石。然后随着造山运动埋藏在山体中亿万年，某一天被开采矿场的工人们意外发现，经过石匠的精心打磨成了一个稀世珍品，最后才被参观博物馆的我们看到。我忍不住伸出手抚摸了一下这圆溜光滑冰凉的石头，完成这相隔亿万年的邂逅。

向前走，看到利用投影打造的数字影像地球、火山喷发等地质场景，深度展现栾川地质文化。拐个弯参观者可在此俯瞰栾川城区的规划变迁，观看鸾凤腾飞绘就栾川新画卷。在二楼红色文化厅，以共和国十大元帅为核心展项，可以依次走过"红军之父 中华第一帅"朱德、"横刀立马"彭德怀、"常胜元帅"林彪等十大共和国元帅，跟随他们的戎马生涯感受共产党在血与火中淬炼的红色精神。

展示的各种各样的矿石，告知我们栾川是个矿产资源极为丰富的地区，特别是钼矿储藏量是中国第一，亚洲第三。

栾川博物馆让我流连忘返，它沉淀着地球故事，诉说着历史的变迁。

时光飞一般地过去，一转眼，就是结业仪式了。我努力挽住时间，但它仍是从我的手指缝里溜走了。坐上离开的车子，不一会儿老君山已经成为远方的一抹青黛色，我恋恋不舍地向它挥手告别。我想，我也像一条小溪，会永远记得曾经"奔流"在老君山，记得"奔流"中遇到的山石花草，记得最终"奔流"向大海的使命……

（原载《奔流》）

蓝莓和樱桃

我家有两只非同寻常的猫。一只叫樱桃，一只叫蓝莓。

猫不可貌相

樱桃先来到我们家，她是妈妈的朋友送的，她全身雪白只有额头上有两道黑色的杠杠，我们曾戏称她叫二毛，后来又给她起了一个好听的雅称——"雪中送炭"。

她的瞳仁是琥珀色的，眼睛像月亮一样明亮和冷清，一旦发现了什么新鲜事物，她的视线会一直跟着，她的耳朵不管你怎么撸，始终是竖着的，时不时地会动一动，甩一甩，仿佛听到了另外一个世界传来的声音似的。

她总是把自己舔得干干净净的，先把自己的爪子张开，把每个缝隙都舔到，然后用自己的爪子洗脸，用舌头把全身洗得发出光泽，有时候连屁股也不放过。

过了不久，爸爸的朋友又送给我们另一只猫。他是一只山猫布偶，他的眼睛碧蓝碧蓝的，像一汪湖水。圆鼻头大脑袋长得雄赳赳气昂昂的，像个相貌堂堂的男子汉。我们给他起了个名字叫蓝莓。

可是你别被他们的外表骗了。虽然蓝莓外表是个强悍凶猛的小老虎，其实内心是一只瑟瑟发抖的小老鼠，刚开始来到我家，他灵敏的耳朵和眼睛，只要检测到一点风吹草动，他就立马被吓得躲到床底下。哪怕我们走来走去，使得他受到了惊扰，他也会一边发出咕咕咕的声音一边找隐蔽的地方躲藏。樱桃看上去长相秀丽，你以为她是一个害羞的小姑娘，但其实她是一名巾帼英雄。两猫打斗，作为男生的蓝莓已经连吃了好几个败仗，樱桃连连旗开得胜。蓝莓上前一扑，樱桃灵巧地一闪，只听到哐当一声，蓝莓的大脑袋，就一头撞在茶几上，于是樱桃趁机溜到他的后面准备再来一击，蓝莓左顾右盼之际，樱桃已经占据了制高点，啪的一下，就是对着蓝莓来了一巴掌。蓝莓踉踉跄跄着后退几步，还是不甘心，一边挣扎一边反击，最终节节败退，只好狼狈地逃到了床底下。

猫毛不可斗量

虽然两只猫给我们家增添了很多快乐，但是同时也带来一个烦恼，就是他们掉的毛实在太多了。

樱桃的毛，像松针一样一根一根，只要她待过的地方都是一层白毛。蓝莓的毛长而松软，可以像蒲公英一样，跟着空气流动悬浮，如果散落在地板上会自然形成一团，像风滚草一样。脚步走过带动的气流，会让这些风滚草轻轻地翻滚。沙发上被子上都是他们的毛，有一次我喝水，竟然看了杯子里也漂浮着一根。要是把他们所有的毛都聚拢起来，几乎能织件毛衣呢！

所以妈妈忍无可忍准备对他们痛下杀手了。

妈妈拿出推子戴上手套，先抓住蓝莓，蓝莓仿佛也知道大事不妙了，大声地嚎叫，像在控诉妈妈一样。妈妈抓起他的前腿，用推子推到他的肚皮的时候，他一边踢一边抓，还想找机会咬妈妈。推到他屁股的时候，他还冲妈妈撒了一泡尿。最后妈妈推下来的毛堆成了小山似的，真可谓"猫毛不可斗量"啊！

推完毛的蓝莓，身体变成了原来的三分之一大小，像由一只小狮子变成了一只灰老鼠。由于妈妈的技术有限，推过的毛有些高低不平。脑袋和尾巴上的毛还保留着，所以他就成了一副大头娃娃的样子。蓝莓就这样失去了他漂亮的外衣了，连他的小伙伴樱桃也变得似乎不认识他了，每当蓝莓试图跟她亲近的时候，她就朝蓝莓龇牙咧嘴。

看到小伙伴樱桃不理他，蓝莓十分沮丧，然后看到我的时候像看到亲人一样楚楚可怜地冲着我喵喵叫，还一直蹭我的腿，我去客厅他就跟着我去客厅，我去书房，他就跟着我去书房，甚至把我的书包当成了窝，仿佛只有这样才能找到一点安全感。

看到樱桃对蓝莓爱搭不理，妈妈说："你别高兴得太早，下面轮到你了！"

一仆二主

在我家两只猫的眼里，他们是主人我是他们的奴仆。

沙发是他们的，床也是他们的。等他们想跟我玩的时候就趴在我的腿上不让我走，在我做作业的时候就趴在我的作业本上让我无法写作业。可是等我休息了，想要找他们玩的时候，就要看主子们乐不乐意了。好几次他们挣扎着从我的腿上跳下来，气呼呼地坐在沙发上一声不吭，好像觉得我打扰了他们的清净。

樱桃特别具有女王气质，她十分喜欢登高，一会儿跳到冰箱上，一会儿跳到钢琴上，像个女王陛下一样居高临下，俯视着她的臣民——我们，铲屎官就是她分封给我们的官衔。

他们白天睡觉，晚上玩乐打斗，半夜惊醒，只看到两只黑影嗖嗖地从我们脑袋上飞过。接着叮叮当当，似乎有瓶子倒地的声音传来，确实这个家是他们的主场，我们都是客串的。

相爱相杀

他们的感情世界是瞬息万变的。上一秒钟，旁若无人地互舔，蓝莓表现得像个暖男一样，从樱桃的头舔到身子，舔到屁股，樱桃也很享受，眯着眼睛，伸长了脖子，歪着脑袋，好像在说，这里，那里，还有这里也要。在蓝莓的殷勤服侍下，樱桃也会偶尔帮蓝莓舔一舔，这样蓝莓越舔越起劲，一不小心力道控制不好，弄痛了樱桃，樱桃瞬间变脸，毫不留情直接扇了蓝莓一个巴掌。蓝莓也被她打懵了，愣了一下，气得也给樱桃一个巴掌。转而两猫互相就仇视着，转眼就扭打在了一起。空气中只留下他们挥爪的幻影和飘飞的毛发，还有他们为了恐吓对方发出的哈气声。

这相爱相杀的一幕，几乎在我家每天都要上演。

蓝莓和樱桃，两只非同寻常的猫，给我的生活增添了非同寻常的光彩。

鲁迅文学奖得主、著名作家李春雷为虞伯轩题词

草木一秋　古塔千年

"到苏州不游虎丘，乃憾事也。"东坡先生说。

你别以为虎丘只是一座塔，立在平地上，其实它是一座山丘，曾经的名字叫海涌山。在大门口看到虎丘的布局图时，我倒更觉得虎丘像一座城，外面的河道就是它的护城河，沿着护城河是它的外环道路。中心建筑外围一圈是它的内环道路。中间有无数条小道可以通向中心的虎丘塔。

我们先在紧靠着护城河的外环兜了一圈，道路两旁古木参天，郁郁葱葱，这些大树，像是撑起了一把把绿色的大伞，给游客们提供一片阴凉。大树下仍然是层层叠叠的植被，给虎丘山营造了一个绿色的秘境。我们途中还经过竹林，经过茶园，疫情原因，只遇到了三三两两不多的游客，更显得河道内侧的虎丘和外面的市井人家像是完全不同的两个世界。

盘旋而上，先到达中心目标——虎丘塔，上面的砖瓦已经明显有残缺、有遗失，保留的露在外面的部分也都丧失了它原来的棱角。古塔像一个沧桑的老人，在蓝天白云的映衬下，在香樟树的掩映中，显得那么宁静祥和。它那参差不齐的砖瓦缝隙里面都已经长出了瓦楞草和一些草本植物，有的是蒲公英，有的是垂蔓，有的是狗尾巴草，微风中摇曳着，像是借着巨人的肩膀来寄托自己对天地的探索和对永恒的渴望。塔身虽然向北倾斜了3.58度，错位了2.34米，但是它还是顽强地挺立着。它默默看着游人一个个来来去去，看着姑苏城的一次次繁华和落幕，看着一个个朝代的兴亡和更替，它的每一块砖，每一片瓦，都会记得它所经历的千年风雨。

接着又步行到了下一站——剑池。我们先走上了一座桥，桥面有两个井洞，下面直接就是剑池了，那两个洞据说就是老虎的两只眼睛，其实是山僧他们为了方便提水而凿的。剑池的名字由来有很多说法，一说是因为它的形状像一把平铺的剑，据说是孙权和秦始皇都来这儿挖掘寻找宝剑开凿而留下的深涧。第二个说法是因为阖闾墓里陪葬着3000把鱼肠剑。剑池的旁边有很多历朝历代的摩崖石刻，其中比较有名的是左边王羲之留下的篆体"剑池"，右边米芾书"风壑云泉"，崖壁上的青苔和山涧里的鱼儿终日和这些大家的手书为伴，显得沉默无言。洞口的"虎丘剑池"这四个大字最为著名，是书法家颜真卿的独子颜頵所写。不过你细看会发现，"虎丘"两字结构似显松散，尤其那一撇，明显没有"剑"字那一撇有力，"剑池"两字则结构紧凑严密。原来"虎丘"二字是后人修葺时所书，所以有"假虎丘真剑池"的说法。也真是，凑近一看，写"虎丘"二字的这块石碑明显比写"剑池"的一块长出一段呢！

走出剑池，外面是一块平坦、开阔，稍稍有些倾斜的石坡。今天刚好坡上有剧组在拍摄明代的古装戏，还有很多群众演员身穿明代的服装，有的在走位，有的在旁边替补，有的在石阶上休息。看得入神了，我也似乎成了古装戏里的一员。

稍后我们往下走，看到了碑亭、水井、刻着字的石头，一步一景，一步一个故事，根本就来不及细看。

人们对古代的故事总是比较着迷，所以这些剧组要来虎丘取景拍摄。但是虎丘里面每一块砖，每一块石头不都在诉说着一个个快被人遗忘的故事吗？所以放下刷剧的手，来抚触虎丘的清风，山石，感受属于它们的传奇故事吧！

（本文获香山杯·苏州园林青少年美文大赛二等奖）

（原载《姑苏晚报》《西部散文选刊》）

真趣狮子林

狮子林，我儿时的最爱。

穿过前厅，从侧门径直跑向假山，玲珑剔透，洞壑宛转，是那么灵动，震撼。

不由分说钻进山洞，抬头见一个小妹妹正在我的头顶蹲着，仿佛触手可及，但是怎么也找不到爬到假山上方的路径。顺着小道踏着窄窄的台阶，进入另一个山洞。山洞有几个出口，我随机选了一个，竟然到了最底层的一汪池水旁。池中水波粼粼，鲤鱼嬉戏，水面的石桥近在咫尺，和我却并不相通。盘旋而上，眼前豁然开朗，已达假山顶部。

纵目四望，发现假山围成一个圈，把亭子包围在当中。奇石林立，总有一点儿像狮子，或仰头长啸，或低头沉思，或凝神远望，或开怀大笑。这便是狮子林得名的由来。一说当初僧人们为天如禅师修建禅院，天如禅师曾得法于狮子岩，禅师就给自己的寺院取名狮子林。后来狮子林又被世家买下，成为他们的私家园林。僧人在此悟道，世家在此族居，游人在此揽胜，而我却在此找到了童年的快乐，永恒的真趣。

在山洞里来回穿梭，爬上爬下，不厌其烦。在低处轻轻地抚触假山旁边池塘里的荷叶，感受池塘上吹拂过来的微风；爬到高处，将整个池塘尽收眼底，水池中还有画舫和九曲桥。画舫里的昆曲表演，引得游人驻足观赏。山洞无穷多，乐趣也是无穷多。

桂香幽幽，坐在紫藤架下，看着褐色的豆荚长着细细的茸毛，像风铃一样轻轻摇动，聆听风吹竹林，银杏叶随风飘落坠地的声音，真可谓："人道我居城市里，我疑身在万山中。"

落日的余晖静静地洒在池塘对面的真趣亭上，乾隆当年巡视江南在狮子林留下的御笔"真趣"二字，浑厚蕴藉，珍贵无比。我默默思索着真趣的含义，是说皇上在山洞里找到的童趣呢，还是说在狮子林里找到了大自然的意趣呢？

（原载《西部散文选刊》）

茅盾文学奖得主、著名作家李佩甫与虞伯轩

一山风雨

导游姐姐问，去还是不去？

雨停了，在游玩完了少林寺后我们怀着期待的心情准备一登嵩岳少室山。导游姐姐却劝我们不要去，今天可能还会有大雨。

禅宗祖庭少林寺的得名是因为它是建在少室山五乳峰下的密林里，少室山连天峰又是嵩山的最高峰。所以游完少林寺后，攀登少室山是我们的计划。山雨欲来，去登山还是不登？还是去登吧！

进少林寺山门不一会儿，雨滴就落了下来，一开始只是淅淅沥沥，后来就变成噼里啪啦。院落里几棵大槐树下的槐花撒落满地，在地上铺了一层黄金色的地毯，地毯又随着雨打风吹水流散去，伴着寺院内古朴的建筑，别是一番禅意在心头。雨越来越大，即使穿着雨衣，衣服也被打湿了大半，鞋子已经完全湿了，索性我就干脆在一个个水洼里蹦来跳去，有时候甚至蹚过积水。做着妈妈平时绝对不会让我做的事情，心情格外放纵和兴奋，开心极了。上了登山索道，外面的云雾和雨水在车厢玻璃上形成了一条条小溪，缆车车厢也在飘荡摇晃，滑行时或急或缓，像巨浪中的小船，经过一个个急流和险滩。

等我们走出索道，雨越下越大，天上的雨柱已似万箭齐发，地上的水流也是翻滚成河。狂风卷着暴雨，就像鞭子抽打着索道出口处的雨棚。我在廊檐下伸出手，豆大的雨点深深地砸在我的手心里，每一支雨箭都带着一股强大的冲击力。似乎在向我们表示蔑视，在嘲讽我们的自不量力，胆敢向大自然挑战。

走还是不走？当然是走！等风雨小了一点，我们便迫不及待地走上了石径。一阵山风吹来，云雾水汽渐散，大山渐渐露出了它的真面目。只见怪石林立，悬崖陡峭，是一张峥嵘嵯峨的脸。在这张脸上，瀑布飞挂，山涧流转，云岚蒸腾，又是如此梦幻，如此神秘，似乎蕴藏着大山无限情思。一路风景，千姿百态，其中最有特色的便是"书册崖"。整个书册崖从上到下都是竖线条，一叠叠白色板状岩石，像一柄柄利剑直刺苍穹，又像一册册图书排列整齐，一条小小的栈道横穿其中，像是捆绑书册的牛皮绳。这便是嵩山石英岩地貌的标志性景观"书册崖"得名的由来。忽而大雾顿起，走在悬空的栈道上，向上看是山势笔直，向下看是深渊不见底。加上大风来袭，把我的雨衣吹得像鼓起的帆，让我步履蹒跚心惊胆战。走着走着，前方若隐若现，出现了一座吊桥，桥上桥下只有混沌的一团迷雾，桥上朦朦胧胧，桥下深不见底，桥的那头仿佛就是另一个未知和神秘的世界……

等我们下山的时候，每个人就像刚在浴缸里泡过一般，虽然狼狈不堪，然而内心却觉得酣畅淋漓，万物空明。一山的大风大雨，给我们带来前所未有的体验。

所以，是晴或雨皆自然，随心而遇，都是自在。

澳门行走

"你可知 Macau 不是我真姓，我离开你太久了母亲……"

小女孩稚嫩而清透的歌声告诉我们，中国有这样一个独特的城市，它是曾经的小渔村，如今是一座繁华的都市。神奇的澳门，历时四天，每天两万步起，我用双腿丈量你的大街小巷，体验这个城市独有的奢靡和古朴。

美轮美奂的酒店

巴黎人酒店。金碧辉煌的大堂。中央的海神喷泉屹立在梦幻的蓝色中，几个女神抱着鲤鱼围在海神波塞冬雕像周围。鲤鱼喷出水柱将整个雕像笼罩在水汽当中。雕塑的上面是一个高大的挑空穹顶。穹顶上绘有一些古希腊众神的壁画，金色的线条，更显富丽堂皇，如梦似幻，让人仿佛置身于繁华的法国都城巴黎。

入住之后，来到室外泳池。泳池的周围是一些大理石雕塑的花台。迎面一个红色的大风车，在仿制的"埃菲尔铁塔"下面畅游，真的是一种很神奇的体验。

傍晚时分，我们迫不及待地登上了"埃菲尔铁塔"，它和真正的埃菲尔铁塔之间的比例是一比二。乘坐电梯登上铁塔，周围相连的新濠酒店，旁边的威尼斯人酒店，以及马路对面的伦敦人酒店历历在目。伦敦人酒店的前排是一排英伦风情的建筑，都有着哥特式建筑的尖顶，旁边矗立着大笨钟，沿街还有红色的电话亭和绿色的邮筒，仿佛行走在泰晤士河畔。远眺澳门岛的滩涂，可以看到隔海相望的珠海横琴，看到渐渐西沉的落日。华灯初上，家家酒店的霓虹灯都亮起来了，仿佛置身在水晶宫殿的群落中。

之后每天换一家酒店，就这样我们一家人仿佛在几天内游遍了欧洲。最后一站，来到"威尼斯"，坐上了贡朵拉。船夫们穿着条纹的 T 恤，围着红色的围巾，戴着遮阳帽，一路摇着橹唱着意大利船歌。小船儿两头尖尖，一路荡漾，穿过一个个拱形的桥梁，还经过了传说中的圣马可广场，可以看到广场上长着一对翅膀的石狮子，看到两岸的建筑以及阳台上的鲜花，而上面是永远的蓝天白云。船在水中行，人乘船儿游，可以和岸上的游客挥手致意，相视一笑。可以和同坐贡朵拉的另一家人互相帮忙拍照，留下人生中这惬意的瞬间。

刺激的蹦极跳

澳门岛有一个定海神针，无论在哪里都能看见它，它就是澳门的旅游塔。旅游塔上有一个创下吉尼斯世界纪录的蹦极跳项目，我决定丢下恐高的妈妈独自去体验一下。

先乘电梯登上塔顶。电梯飞快上升，几乎半秒钟一层，一眨眼的工夫就来到了 61 楼。一个叔叔把我领到了跳台上，先穿上防护装备，叔叔们讲着笑话，尽量让我放松一点，但是我想着即将到来的挑战，还是觉得很煎熬。登上平台，风呼呼地往我脸上吹，甚至感觉塔也在摇晃。往下面一看空荡荡的，汽车如同蚂蚁一般大小，据说这个平台离地面有 233 米。最终我还是咬咬牙迈出了人生中最艰难的一步，瞬间踏空下坠，只听到耳边呼呼的风声，感觉自己像个自由落体冲向大地，心脏几乎要从身体里蹦出来了。我知道旁边有摄像头对着我，努力地端着一个正常的表情。还好，后半程速度放慢了，眨眼之间我就脚踏实地了。事后，看到视频里我的脸前半程是僵的，还露出一丝丝好不尴尬的笑容,最后落地时表情才真正放松,流露出了劫后余生的发自内心的喜悦。

置于死地而后生的感觉大抵是如此吧,如果有机会我还想再去云端行走一回。

沧桑的圣保禄教堂

穿过弯弯绕绕的小巷,看巷两边澳门老居民区。偶尔巷道还有一点儿坡度,可以想象最早这里应当是山丘。在小巷的尽头,我们终于看到了矗立在斜坡之上的圣保禄教堂,教堂有着意大利巴洛克式建筑所特有的繁复的雕饰和结构。

爬上菱形石条铺成的坡道,在昏黄的路灯灯光下慢慢地走到了教堂跟前,看到顶端的十字架,下面三层,每层都有拱形的壁龛,壁龛里藏着的青绿色的斑驳铜像,在幽幽的灯光下泛着柔和的光泽。忽而发现大门已经成了铁栅栏,后面空荡荡的,大约是废墟,已经看不真切,绕到墙的后面,才隐隐看到有个玻璃罩把废墟给罩住了。原来所谓教堂只剩下了一堵墙,后面其他所有的墙壁均已倒塌。只剩下前面这一堵墙勉强维持着昔日的荣光。本地人称圣保禄教堂为大三巴牌坊,是因为仅剩的这一堵墙,更像东方的牌坊。"圣保禄"又和本地"大三巴"的发音很相似,所以这就是大三巴牌坊得名的由来。昔时之教堂,今日之牌坊,东西方的宗教和文化竟然就在这个古老的建筑的称呼上奇异地交融了。据说牌坊内侧的广场还有一个博物馆,保留了一些现存东方的最古老的西方油画,可惜来得太晚,没法参观。

得知圣保禄教堂原来是天主教堂,更是宗教性质的学院,在 15 世纪到 17 世纪的时候有不少访华的外国传教士来修读中文,如果传教士想要进入中国传教,这里就是他们的第一站。据说著名的传教士利玛窦曾在此学习。就是在这里,他把世界地图加上中文标识，取名为《万国图》，献给中国当时的明朝政府。所以圣保禄教堂对当时的东西方宗教及文化交流起了极大的作用。

圣保禄教堂让我们看到澳门这个繁华城市过往的沧桑。

享誉全球的美食

那天到官也街，我们一家先在街口品尝了一顿萄京菜，其中一道虾球沙拉令人印象深刻，把虾的鲜，水果的甜，蔬菜的清新巧妙地融合在一起了。

继续往官也街里面走，那个卖冰激凌的阿富汗叔叔给我玩了一个魔术，害得我差点以为冰激凌要掉地上。好多美食店门口都是人满为患，好吃的实在太多，人家只好分工，妈妈排队去买安德鲁蛋挞，爸爸排队去买老 Day 牛杂。

安德鲁蛋挞拿到手，还有点儿烫，我吹一吹就迫不及待地咬下了第一口。"咔嚓"，酥皮在我的嘴里碎开了，又嫩又滑的蛋芯也在我口腔里流动回旋，满满的蛋香和奶香。手上咬开的蛋挞中间的蛋浆，宛如明黄色的凝脂，还微微冒着热气在酥皮中间轻轻地晃动着，好像在诱惑着我赶紧咬第二口第三口。嘴巴里蛋浆融合了酥皮，香甜传遍了我的味蕾。我闭上眼微微地抬起头，让它们一同滑进我的胃里，我忍不住满足地发出了"唔"的一声喟叹！

接着是牛杂。一拿到牛杂，我忍不住后悔，刚刚吃得实在太多了。牛杂里面有牛筋、牛肝、牛肺……如果不介意那个阿姨还会给你加上点牛的膀胱。所有的食材，都是肉眼可见的软糯，浸泡在浓浓的汤汁里，上面还撒了一点葱花和芝麻，在热气氤氲中散发着香气。我忍不住先尝了一块牛筋，牛筋特有劲道，越嚼越有味道。吃完才发现它还是有点辣，但是还是忍不住吃了第二块第三块，越吃越辣，越吃越香。

后来我们还到南湾大马路，去找有名的金玉满堂吃它的糖水，可惜还没有开张，就到隔壁的海鲜酒家吃了一顿粤菜。第二天再来金玉满堂，终于吃到了它有名的椰汁西米露，果然名不虚传，不是平常奶茶店里那种充满香精的味道所能比的。最后一天，我们特意又跑到南湾大马路，打包了顶好海鲜酒家的盆菜，飞机托运带回来吃。

回宾馆打开一看，这一锅盆菜涵盖花胶、海参、烤鸡、鹅掌、鲍鱼、猪手……还少不了发菜这种寓意吉祥的搭配。十几种食材不重样，堪称海陆空大荟萃。接着按照酒店老板指点的方法，把半成品的盆菜淋上鲍汁加热，一家人吃得热火朝天。据说这盆菜还上过央视系列纪录片《舌尖上的中国》呢！澳门人过年必吃这盆菜，寓意"盘满钵满过肥年"。

澳门的美食征服了八方来客，因此被联合国教科文组织授予"美食之都"的称号，这样的城市全球只有八座。我们此行品尝到的美食也许还不到其中的百分之一。

是的，这就是澳门，它繁华似锦，也有着浮世的沧桑。来到这个城市，你可以像一个富翁一脚踏入灯红酒绿，也可以像一个美食家吃遍大街小巷，或许还可以化身一名学者，好好去研读一本名叫澳门的书。

（原载《西部散文选刊》）

三亚的沙滩

开阔而蔚蓝的大海就这样铺展在眼前，阳光也是正好，风也清新，天和地相连，像是一个蓝水晶。

这块水晶里还有洁白的云朵，碧绿的椰林，金黄色的沙滩，偶尔还有红色的滑翔伞从椰林的上空缓缓飘过。

在北半球的寒冷的冬天，我们一家人就这样为追逐阳光而来，一路向南，到达美丽的三亚。脱下厚重的冬装，穿上短袖，换上拖鞋，穿过椰林，大海，我们来了!

最吸引我们的还是沙滩，我索性脱下了拖鞋在沙滩上奔跑，这个时候的大海像个宠物，总想靠近我吸引我去亲近它，等我靠近的时候又倏地跑开了。我和浪花就这样互相试探，我的裤子就被它趁机渐渐打湿了。湿润的沙子很是柔软细腻，踩上去它就像调皮的小蠕虫一样，从我的脚趾缝里钻了出来，翻一翻还能够找到贝壳。有小朋友用沙子搭建城堡，大人们有的在椰子树林下面吹着海风，也有的像我一样蹚着浅滩的海水上，和海浪追逐。海浪一会儿显得很温柔，让我放松了警惕，转眼之间又突袭了我，缠绕上我的脚踝，攀上我的小腿，衣服也完全湿透了，我只好放弃了我的矜持，投身到海浪里去畅泳，感受来自大海的震荡。

风渐渐大起来了，在海水中嬉戏的人们都上岸了，海浪似乎变得狂野，原先伪装成宠物的它们露出野兽的獠牙，像脱缰的战马一般冲向岸边，前浪未消后浪又至，当它们拍打在沙滩上的时候，又化为巨大的泡沫四处飞溅。

　　落日西沉。海浪似乎终于疲倦了,温柔地蜷伏在人们的脚边,好像小狗轻轻地用舌头舔着主人,来为刚刚的狂躁表示歉意。海边的人们渐渐多了,他们三两成群地在椰林小路上散步,还有许多老年人在开阔的空地上跳舞。走着走着,我突然看见前面有一群人在从海里往上拉绳子,上去询问,原来他们是在拉渔网。绳子的另一头,连向大海,好像看不到尽头。于是,大家都围上去想看看,甚至还有人也上去搭把手,这其中就包括我,可是拉了十几分钟还没有停下来的意思。他们其中一个人说还要拉两小时呢,我才不得不放弃,恋恋不舍地离开了拉网的队伍,但我还是心心念念地想知道这个巨大的网那一端该是怎样的一番情景。

　　走累了,我们躺在了沙滩上,沙子还带着白天阳光的余温,看着天上的星光和远处的灯光相连,已经分不清是天上人间了,时光仿佛也在此停留。

　　如果你在漫长的寒冷的冬天感到无聊,甚至抑郁的话,那就来三亚吧,赤着脚在沙滩上走一走,让阳光来治愈你,让海风来抚慰你,让或温柔或狂躁的海浪冲走你心中的阴霾吧!

乘风破浪正当时

狂风呼啸，浪头一个接一个撞碎在船头，碎成了成千上万个如繁星般璀璨的珍珠。这些珍珠又重新洒落在船身上，船儿似乎变成了凶猛的野兽，身上的皮毛闪闪发光……

金鸡湖城际内湖杯青少年帆船赛正在如火如荼地进行中。

比赛有 OP 和 TOPPER 两种船型。在这次比赛中，我是第一次尝试 TOPPER 这种船型。领到帆号，我迫不及待地掀开了套，发现原来是一艘红色的小船。

装船。

我找到桅杆，然后把船帆套上桅杆，发现这个船帆特别漂亮，是红白蓝相间的。我在西曼帆船朱教练的帮助下，把桅杆插到了船头的底座上。再找出横杆，把横杆固定在主桅杆上，这个时候上面的帆还松散着，在风中哗啦哗啦地抖动。我找出帆绳，穿过帆孔，把它紧紧地绑在横杆上，这样船帆就张起来了。然后再装好斜拉器，它是用来控制船帆的。周围的伙伴们也都在教练的指导下忙碌着，一排排的船帆在风中簌簌地悸动着，像战马的马蹄刨着大地，等待着出发的号角。教练的指挥声，缆绳在滑轮中咔嚓咔嚓地响动声，船帆猎猎声混杂在一起，形成了一个令人振奋的前奏曲。

启航。

天空飘起了濛濛的细雨，湖面上笼罩着腾腾的水汽。小船们鱼贯而入，像关在笼子里的鸟儿重新获得了自由一般欢快地驶向了湖心。

落水。

　　一阵狂风袭来，大家为了稳住帆船把缭绳往外放，求胜心切的我却认为，如果放开了缭绳的速度就会下降，这是一个加速的好机会。这时，风越来越大，果然我的船越过了对手，但是船体却越来越倾斜，几乎快和水面成直角了。我连忙将我的

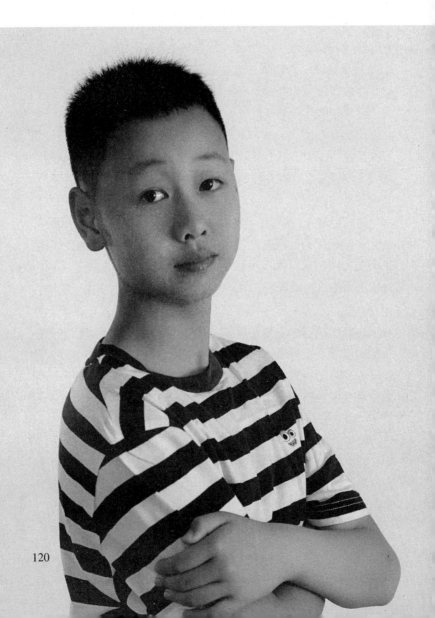

全部的体重来压住船舷想使它回正。但是船帆仍然带着整个船体完全倾斜过去，侧翻在水上，我也从船身滑到水里，瞬间我就被冰凉的湖水包围。然后我就眼睁睁地看着对手的小船一个个从我的船边驶过。果然欲速则不达呀！我赶紧游到船的背面，扒住稳向板，使劲往下压，将船体回正到45度，因为手滑浪大船又倒了下去，甚至船还随着波浪往下风漂，我趁风浪的间隙继续尝试，终于把船扳正到45度，然后双手抓住压舷带，努力地爬进船舱，借身体的重量压着船舷把船完全回正。救援队过来的时候我已经正常驾驶追赶对手了，但是，对手们已经成为远处的片帆点点。

奋起直追。

最后一轮，随着一声长哨和级别旗升起，预示着最后一轮的比赛将要开始。寒风中浑身湿透的我重整旗鼓，让自己在启航线附近蓄势待发。我看着手表倒计时4分钟，3分钟，2分钟，1分钟，20秒，还有10秒！就是现在！我赶紧拉紧缭绳和斜拉器，把帆张满，冲向起航线！只听到一声长哨，级别旗落下，小伙伴们也争先恐后找到自己的位置。虽然我仍在两三只船的后面，但是我和我的船持续保持紧绷的状态。我的船像一只滑翔的水鸟迎着风，展翅翱翔；也像悠扬小提琴在静静的月光下，纵享丝滑。我和我的船合二为一，我的船也和湖面融成一体。这一次我保持住了我的位次，取得了这几轮中最好的成绩。不要想着曾经的失败，永远向前看，人生的比赛永远还有下一轮。

我体会到了追风逐浪的快乐，从生疏失控到得心应手控制小船的成就感，全力以赴和小伙伴们你追我赶的热情振奋。

阳光从阴云的缝隙中透出了几缕光芒，照在了金鸡湖湖面上，风浪似乎也变得温柔了起来。小船们纷纷归航，小水手们虽然十分疲惫，但是全身上下都透露着历经磨炼之后的坚毅。

（原载《西部散文选刊》）

韩林彤专辑

作 / 者 / 简 / 介：

　　韩林彤，祖籍苏州，现居上海，2013年1月生于上海，上海浦东新区进才实验小学四年级学生，爱好科技小制作、打羽毛球、书法，获苏州日报社举办的长三角少儿科创大赛二等奖，并以20966票获网络人气投票第一名，在《中国诗人》发表过小诗。

眼睛里

爸爸的眼睛里有胖达
胖达的眼睛里有妈妈
妈妈的眼睛里有爸爸

爷爷的眼睛里有奶奶
奶奶的眼睛里有爷爷

可乐的眼睛里有谢雨荷

（写于2018年上海中福会幼儿园中班）

注："可乐"是幼儿园班上的男生，"谢雨荷"为幼儿园班上一女生。

（原载《中国诗人》）

【简评】童心看世界，这首小诗以"眼睛"为题，以"眼睛"为线索，将家庭成员、同学之间的种种微妙的关系巧妙地呈现出来，诗中蕴含了暖暖的爱意。诗歌评论家单占生读后特别赞扬小作者的结构能力，说小作者的三段文字，正是从三个不同的方面，再现了一个孩童眼中的人际关系，已经有了初步的诗歌结构概念。

眼　睛

车灯，车的眼睛
窗户，房子的眼睛
树叶，树的眼睛
星星，宇宙的眼睛

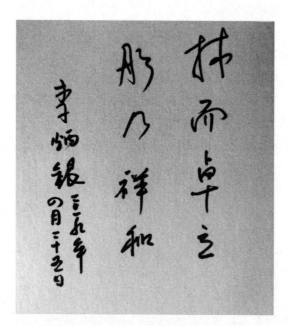

为韩林彤撰写嵌名联，楹联家林锡旦撰联，著
名作家李炳银书

纸·海浪

我把手中的纸揉得皱皱的
我铺开纸高举着在江边迎风奔跑
我的纸就像江边的海浪
我的纸皱皱的
海浪也皱皱的
我的纸就是海浪
海浪就是我的纸

看画展

暑假里，我到苏州的爷爷奶奶家度假，去工业园区参观了杨明义画展。

杨明义是画江南水乡的大画家。看杨明义画展，让我记忆最深的是《五牛图》和《七十二神仙图》，每一幅画都让我入迷。《五牛图》中每一只牛都有不同的神态，有一只牛像在对你吐舌头。在画边，"五牛图"三个字，圆鼓鼓的。看《七十二神仙图》，不用说画卷上有 72 个神仙，每个神仙都画得非常细致，有的神仙长得很像妖怪似的。

我在画展上选了一幅画，准备用我带的笔和画本临摹下来。那幅画是一位包着花布头巾年轻的江南女子，穿着青布碎花裙，抱着一把油布伞，脚边有一个包，包里放着书。她站在水边，像是等着上船回家去。水面上有一只只张开大篷的帆船，远处还有长桥的影子。我把江南女子画在了我的速写本上。

我还临摹了杨明义画的一座桥，那座桥就是我们苏州的宝带桥。我去过宝带桥，长长的桥一眼望不到头，就像一道垂虹落在水面上。杨明义画的长桥的后面，隐隐约约能看到一座塔，一头牛和一个小房子。水面上白帆点点，太阳挂在高高的天空，像一只金光灿灿的眼睛看着宝带桥。我也用我的眼睛看着画中的宝带桥。我把宝带桥留在了我的画册中。

画展中有好多画，我专门在画面的黄金分隔点去欣赏画家画的景与物。有一幅较大的风景画，一棵满是绿荫的大树下，一辆婴儿车正在黄金分割点，给这幅画添加了色彩。

　　最高兴的是，杨明义爷爷还给我题字"绿林层层，朝阳红彤"，他把我的名字"林彤"镶嵌在题字中间，寄托了他对我的鼓励与希望。

韩林彤自画漫像

地球妈妈，我爱你

现在各地宣传低碳环保，那么今天就让我们一起从为什么要低碳环保、如何低碳环保这两个方面去介绍低碳环保。

首先，我们来看为什么要低碳环保。要弄清楚这个问题，我们要知道如果不低碳会怎么样。如果不低碳，那么会导致全球变暖，冰川融化让各种动物失去家园。许多工厂在生产中会产生许多温室气体，比如"水汽（H_2O）、二氧化碳（CO_2）、氧化亚氮（N_2O）、氟利昂、甲烷（CH_4）"等，它们都吸热，但不放热，大量的温室气体在天空中，无法让地球的热排到宇宙里导致全球变暖。到这里我们已经知道了为什么要低碳环保，因为低碳环保后就可以制止全球变暖。

那么现在让我们来聊一聊怎么低碳环保呢？首先是绿色出行，节能低碳。鼓励践行"3510"出行：3公里内步行、5公里内骑车、10公里内或室内活动选择公共出行等绿色低碳的方式。其次是合理使用打印机，避免因文件内容错误而重复打印。打印时选择双面打印，不仅可以减少纸张的使用节省资源，还可以降低消耗。再者树立节约用电的理念，使用高效节能的照明光源，随手关灯、切断办公设备电源，拒绝白昼灯、长明灯、无人灯。这些都是低碳环保的好习惯。

希望大家能低碳环保，谢谢大家！

2022 年 12 月 8 日

参观上海天文馆

上海天文馆在距离上海市区很远很远的临港新城，边上有个大大的人工湖，叫滴水湖。

天文馆非常大，在一楼中心位置上，挂了一个大球，大球不断在那儿荡来荡去，旁边围了一大圈小木条，大球正好撞到。我发现，球运动的路线在变化，因为大球撞倒了面前的小木条，左边的小木条看上去就撞不到了，可是过了一会儿，球竟然把左边的小木条也撞倒了，这证明了地球在自转。这个晃动的铁球叫"傅科摆"，这也就是古代日晷形成的原理，古人还利用这个原理，制作出了最原始的时钟呢。

到了馆内，黑色的墙上镶嵌着小小的 LED 灯，好像真的到了宇宙里一样，很亮又不是非常亮，很黑又不是非常黑。在里面还有行星上的天气状况的介绍，比如火星、水星上的天气，包括温度，都是不一样的。我们还看到了陨石，还有太阳系行星模型，等等。我们在"太空"行进，还看了时空扭曲和黑洞的介绍。

如果饿了的话，还有一个小餐厅，我最喜欢地球冰激凌，和仙女星云冰激凌。冰激凌上奶油做成的蓝色的或者是红黄蓝有三个色块组成的球，正是我们的地球和仙女星云。

还有一个馆叫"征程"，里面讲述了从牛顿大炮到天和核心舱的原理。天和核心舱是中国空间站天宫的组成部分。2021年 4 月 29 日 11 时 23 分，长征五号 B 遥二运载火箭正是搭载空间站天和核心舱，在海南文昌航天发射场发射升空的。天文馆里一个天和核心舱 1:1 的模型舱，就像一个巨人站在那里，我们要仰起身子才能见到它的全貌。一走进模型舱，简直就和太空课上看到的一模一样，所有按键都能按。

　　整个上海天文馆，看完之后获得的知识可多了。

2022 年 9 月

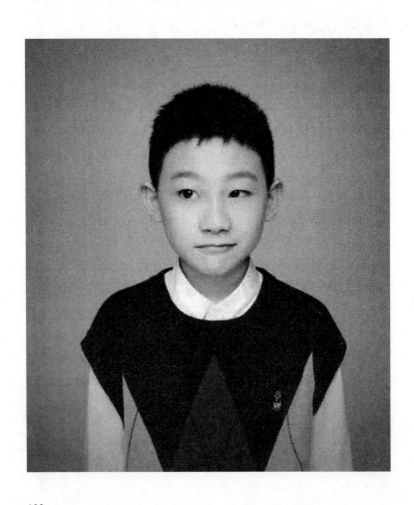

在山村的石头路上

在浙江丽水，我们去了一个山村，里面有很多石头堆砌的房子，所以我们叫它石头村。

窄窄的路，窄窄的天，眼前就一条道，两边是高耸的石头房子，中间一条道，地上铺满了石板。我们一路行走一路歌，歌声穿越山村里石板路上的天空。

路是石头铺的路，房子是石头砌的房子，桥是石头搭的桥，石头主宰了这里的一切。石头房之间就形成了一条路，我们就沿着那条路走，走在高耸的石头房子的中间。

小路上静悄悄，不见行人，只见一条条大狗小狗从我们身边"踏踏踏"地跑过。

继续向里走，有一块碑，碑上写的是"普通岭"，原来上面有个岭，名叫普通岭。普通岭可真不普通，上面堆满了奇异的山石。

在一间民宿大门前，我们停了下来，拍了几张照，妹妹笑嘻嘻的，我也很开心。拍完照之后，我们继续往里走，哇噻，里面的狗更多了，小黄狗、大黑狗、花狗、卷毛狗……什么样的狗狗都有。我还跟狗聊天呢，"汪汪汪"我学着狗狗叫。"汪汪汪……汪汪"，不料被狗骂了一通。

窄窄的石头路吸引着我们朝深处走，我们发现里面有一条大黑狗，还有一只母狗，两只小狗寸步不离跟着狗妈妈。空荡荡的小路上就我和妹妹俩。"啊——"我们高声呼喊。"啊——"回声响起，那回声抖抖的，妹妹蒙着耳朵，她怕回声，晚上还做了个噩梦呢！

走出小路，豁然开朗，远处的青山就像一幅画。

午餐时，有只柴犬，还有只浑身毛茸茸的大狗，我们边吃还边喂它们。我喂得最多的就是那只毛茸茸的大狗，最少的是那只柴犬，还有一只毛茸茸的小狗也没怎么喂，但是它们都饱了。我最喜欢那个小鱼干，我不吃鱼头，就把鱼头全扔给它们吃了。

午饭后我们去找民宿，第一家民宿太贵了，我们上去看了一下，就去了第二家民宿，是我选的，我想去看看我妈妈选的，那一家叫岩下时光，是由一所学校改建的。山村里一个学校只有一幢教学楼，一个操场，我们就住在教学楼改建的这个民宿里。居然边上人说的都是上海话，原来除了我们一家，还有一家上海人，真巧了，他们的孩子也是上的中福会幼儿园，和我一个幼儿园。嗨，连管理员也是上海的，他们的儿女住花木街道，与我们一个小区，老两口喜欢老家山里的新鲜空气，留在家乡管理民宿。

这座民宿就两层，我们住二楼，他们在一楼。晚饭后我们看了电视，哈哈，那可真好看。我们都睡着了，爸爸那边儿出事儿了，我们睡熟的时候蜈蚣把我爸爸的脚给咬了，哎呀妈呀，半夜爸爸把我搬到了楼下，我浑然不知，早上醒来发现自己在的房间很正常啊，可是突然发现天花板不对了。爸爸还逗我玩，说"这只是一场梦"。

早饭后，我就去小朋友的房间，看了会儿电视，我们就把晾衣架当作枪，玩起了打枪的游戏，还学鸡叫、猫叫、狗叫。玩了好一会之后，我们去爬山，山也太高了，只爬到一半，看到那边有水，就去网鱼。我们用带来的渔网捞鱼，但是没有桶，只好捞了放放了捞。我一心想捞条大一点的鱼，等了好久了，可就是抓不到。我发现渔网放得太深，水的阻力也就太大了，怎么也捞不到。

石头村之旅还真不错，有石头的路，石头的房子，还有个新结识的小伙伴！

厨房是个音乐厅

中午，奶奶在厨房炒菜，发出"哗啦哗啦""咕咚咕咚"的响声，真好听。起油锅的时候，就会发出"刺啦刺啦""刺啦刺啦"的声音。炖汤的时候，就会发出"咕嘟咕嘟""咕嘟咕嘟"的声音。打蛋的时候，就会发出"哒哒哒哒"的声音。要是哪天裹馄饨，奶奶斩肉的时候，就发出"咚咚咚咚"，就像我在敲架子鼓。这些声音混杂在一起，厨房就成了一个特殊的音乐厅了。

既然大多音乐都是乐器发出的，那么这些声音是不是像那些乐器呢？对，咕咚咕咚，这声音就像打鼓，刺啦刺啦的声音，就像民间乐器。哒哒哒哒像是民族音乐中的敲木鱼。这个特殊的音乐厅，既神奇又好玩。

厨房音乐真好听，今天我品尝了奶奶的厨艺，又听了美妙的音乐。我都感到，下厨的奶奶成了音乐家了。

（作于小学一年级）

三星堆

　　三月中旬，我和爸爸妈妈及妹妹一起去了三星堆。网上说三星堆出土了一个黄金面具残件，我想去三星堆看一看。

　　三星堆的地理位置在成都边上一个叫广汉的地方。到了大门前，爸爸给我在"三星堆"模型前拍照，我第一次见到了三星堆的模样。

　　在青铜馆我们看见了很多青铜人头像。这次爸爸给我跟真正的三星堆出土的青铜人头合了一张影，非常神奇，因为我一对大大的招风耳朵像极了橱柜里的青铜人头像，仿佛我也一下子真的穿越到了4000年前，成了神奇的"他"，但还是不能知道他背后的秘密。

　　在青铜馆，让我记忆最深刻的是铜兽首冠人像，他只有半个身子，半个身子上是一个怪兽的头。兽首的"首"在古代表示"头"的意思，还有他的动作，他的动作和我后面看到的青铜大立人像是一样的，都是一只手在上，一只手在下，仿佛手上拿着什么东西，至于他手上究竟拿着什么东西，我会在讲大立人的时候为大家解释。

　　青铜大力人像，光人像就有一米八，连底座整个儿是两米六二。它是1986年，在三星堆遗址二号祭祀坑出土的，重达180公斤。

　　那高高挺拔的身躯，那硕大的耳朵，狰狞的眼睛，巨大的手臂，给人一种无敌的感觉。高高的头像上戴着高冠，衣服上纹色复杂精丽，有龙纹，还有鸟纹、虫纹和木纹。

　　讲解员阿姨说，这是夏商周考古史上绝无仅有的存在。那双手手型环握中空，两臂环抱在胸前，非常庄严威武。

　　走出青铜馆，三月的艳阳高照，我和妹妹买了三星堆面具冰激凌，看着那圆睁的双眼，高耸的耳朵，回味青铜馆里与三星堆人像的零距离，我们感到特别的神秘与甜蜜。

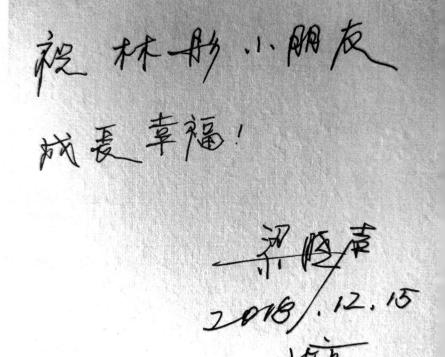

茅盾文学奖得主、著名作家梁晓声为韩林彤题词

小熊救月亮

　　一天晚上，小熊在河边散步，他突然发现月亮掉到了水里。

　　小熊连忙回到家里，拿了一个大盆子，把"月亮"捞了起来，端着大盆子小心翼翼地把月亮放到了草坪上。

　　小熊想，我怎么才能把月亮放回天上去呢？嗨，对了，找小青蛙帮帮忙，他跳得可高呢，一定能把月亮放回去的。

　　小熊边这么想着，便端着盆子晃晃悠悠地去找小青蛙，盆子里的"月亮"也随着他晃晃悠悠的。

　　"青蛙哥哥，你能帮我把月亮放回天上去吗？"小熊问。

　　"好的，我就来！"小青蛙正在家里看电视，一听到这个消息，连电视机都没关就去了。

　　小青蛙把月亮捧起来，使尽全身的力气往上跳，然后，落下来的就是一摊水，还好小熊速度快，用大盆把月亮接住了。

　　他们正纳闷，只见小兔跳跳蹦蹦地跑了过来。

　　"小兔妹妹，你能帮忙把月亮送回天上去吗？"小熊、小青蛙一起问。

　　"哈哈哈，"小兔抬起头大笑起来，"月亮不还在天上吗？"

（作于小学二年级）

小鸟的旅行

有一只小鸟，它有一个梦想，它想飞得很远很远，飞到广阔的世界去。这一天，小鸟学会了飞行，于是它准备收拾好行李，开始了它的旅行。第二天清晨，小鸟告别了它的爸爸妈妈，出发了。小鸟飞飞，它向远处看了看，除了茫茫的大海，什么也没有。

不知飞了多久，小鸟精疲力竭地拖地，实在飞不动了，小鸟掉了下去，眼看要沉下海了。这时，一只海豚看到了，连忙游过去，把小鸟背在背上，把它驮到水面上。过了好一会儿，小鸟才苏醒过来。

小鸟问小海豚，刚才怎么了？小海豚说，你太累了，掉下来了，到了水里，我正好看到。小鸟吃了好多的东西后，和海豚告别了，终于小鸟飞到了一片温暖而美丽的小岛，快乐地生活着。

小蚂蚁、小蜗牛变形记

　　小蚂蚁、小蜗牛和小毛虫是三个要好的好朋友，他们每天都在一起玩。

　　一天，三个好朋友在小蜗牛家玩，突然，小蚂蚁说："我觉得我太小了，我想变得大大的。"小蜗牛想了想说："对啊，我希望我可以跑得飞快！"小毛虫也说："我想变得漂亮。"小蜗牛说："听说最近村里来了一个老巫婆，她开了一家店，叫'实现你的愿望'，我们去那吧！"

　　三个好朋友约定好，先到小蚂蚁家，一起去巫婆家。

　　可是第二天，刚到巫婆家门口，小蚂蚁就犹豫了，他说："不会出什么事吧？"小蜗牛说："不会的，不会的。"说着，小蜗牛就上前敲了敲门。这时一个又高又瘦的女人打开门，从屋里走了出来，她说："你是来实现愿望的吧？"她的声音又尖又细，吓得小毛虫后退了几步。

　　三个人进到老巫婆家里，老巫婆问："你们的愿望都是什么？"小蚂蚁说："我想变得大大的。"小蜗牛说："我想让我跑得飞快。"老巫婆说："那你们都要给我一样东西，才能让你们实现愿望。"

　　老巫婆拿走了小蚂蚁的触角和小蜗牛的壳。这时巫婆看到了小毛虫说："你想怎样啊？"小毛虫说："我想变得美丽动人。"巫婆说："那你给我什么呢？"小毛虫想了想，自己身上没什么可以拆下来的，也不知道把什么给巫婆，小毛虫只好摇摇头，伤心地走了。

变大了的小蚂蚁回到家门口，想钻进蚂蚁洞，可身体太大钻不进去。蚂蚁妈妈见小蚂蚁迟迟不回家，她便爬到洞口张望，这时，一只大蚂蚁出现在她面前，蚂蚁妈妈吓了一跳："你怎么这么大？"突然，她发现小蚂蚁的触角不见。小蚂蚁也发现，妈妈的话，他竟然听不懂了。小蚂蚁这才恍然大悟，原来蚂蚁是用触角交流的。几天后，他就很孤单很孤单了。小蜗牛因为没有了他的家而被雨淋。虽然他跑得飞快，可是别的蜗牛都跟不上他了。

小毛虫呢？几天后，小毛虫变成了一只美丽的蝴蝶。苦恼的小蚂蚁和小蜗牛找到小毛虫，他们想变回原来的样子。为了帮好朋友找回自己，小蝴蝶决定冒个险，她独自一人飞进了巫婆家，偷走了巫婆家里挂在墙上的蚂蚁触角和蜗牛壳，还给了小蚂蚁和小蜗牛。

小伙伴们战胜了巫婆，都恢复了原样。小蝴蝶说："原来的自己就是最美的！"

2022 年 10 月

运动会

　　学校的运动会快到了，运动会前一天，不知道为什么老师把运动会的名单发了下来，我心想，老师对今年运动会的事一字未提，难道老师没有选新的运动员？难道这些都是上学期的运动员？我又看了看我最好的朋友，他的名字也在名单里，于是我准备明天去问问我的好朋友，究竟是怎么回事？

　　第二天我对我的朋友说："运动会是什么时候报名的啊？"他跟我说："好几天前就开始报名了，可是那天你没来。"我恍然大悟，那天我被封在家里了啊！我心里有一点小遗憾，但没关系，看别人比赛也不错啊！生活中的事，往往出乎你的意料。

　　运动会那天，有一位运动员没来，老师问我们谁来替补他啊？我第一个举手，老师也就选了我，来替补他，而且我要参加立定跳远，这可是我的强项啊！

　　中午，我们几个运动员吃午饭后，老师给我们"加鸡腿"，然后我们就到操场上练习去了。在练习的过程中，我觉得我跳出的距离很理想。我看到有一位体育老师，把一张立定跳远专用的垫子放在地上，在征得他的同意以后，我到垫子上去跳。我跳得最远，有一米九，平均每次一米八。别的同学看到我在跳，他们也过来了，我们班有一个同学可以跳两米，可惜他没有参加。

　　下午跳远比赛开始，我和另一位运动员下来了，还没轮到我的时候，中间插了一个五年级的运动员，我发现他在跳的时候，后脚掌微微抬起，跳得很远。我在跳的时候也用了相同的办法，第一次没发挥好，一米五九，但第二次我跳出了一米八，一个让我满意的成绩。我把这个消息给爸爸妈妈说了，他们也为我骄傲。我还记得上一次运动会，我还是替补呢！

运动会有两天，第二天我没有比赛，但我还在焦急地等待结果。中午下楼训练的同学在操场上看到了一块牌子，上面写着："我替补的那位队员获奖了，获得了四等奖！"训练完之后，他们把这个消息传达到了我们班，我们全班都欢呼了，但是不知道为什么，牌子上写的我是"替补队员"。老师问我，有没有跟记名字的老师说我是替补的，我说我说了，但是那个老师却说他不管，于是我们老师又打了许多电话。最后，我听到广播里嘹亮的声音说，接下来播报四年级组男子立定跳远的成绩："第一名……第二名……第三名……第四名，韩林浩。"

我们全班都笑了。广播竟然把我的名字报错了。但我还是很开心，我飞快地跑到领奖台，拿着奖状拍了张合影。我的心里美滋滋的。因为这是我第一次在运动会上拿奖，也是今年我们班拿到的第一个奖。

这一次运动会，我永远不会忘记。

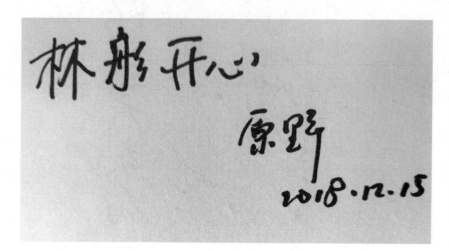

著名作家鲍尔吉·原野为韩林彤题词

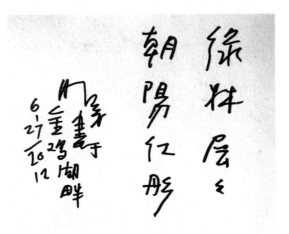

著名画家杨明义为韩林彤题写嵌名联

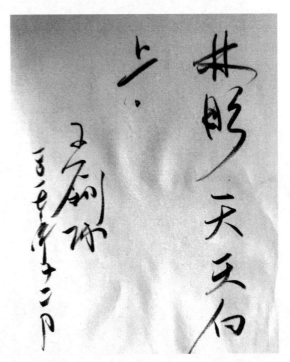

著名作家王剑冰为韩林彤题词

张瀚洋专辑

作/者/简/介：

  张瀚洋，2012年6月生于苏州，现为苏州工业园区新城花园小学五年级学生。被评为2022年度"苏州市好少年""苏州工业园区时代新人"，是中国少年先锋队苏州市第八次代表大会少先队员代表。他志向远大，品德优秀，成绩优异，全面发展，尤其喜欢历史，热爱写作。曾荣获第29届"叶圣陶杯"华人青少年作文大赛全国一等奖，第七届"叶圣陶杯·稻草人奖"全国青少年童话大赛一等奖。

胖小宝之天宫大冒险（短篇小说）

第一章——我是胖小宝

"不对！该轮到我走了。"

"我的棋子才在这儿呢！"

明州市向前街实验小学四（1）班的教室里，胖小宝又在发作了。他是一个又胖又矮的小男孩，可不知为什么，宽大的身子里装的全是火气。瞧，他正在和好朋友李美美、李丽丽、王怕怕和张小聪下棋呢！他一直以为自己才是对的，所以才出现了开头的那一幕。

这时，王怕怕的棋子率先冲过了终点，他拿到了第一名。

"不对，你……你……你作弊！你投的不是三，是二！"胖小宝找了个罪名扣在了王怕怕头上。

"胖小宝，你仔细看看！"双胞胎姐姐李美美说。

"他投的是三！"妹妹李丽丽跟着说。

胖小宝凑过去一看，那骰子上面确实有三个黑色的小点，非常醒目。"哼！我就是要赢！"胖小宝一下子掀翻了棋盘，棋盘正好砸在了王怕怕的前面，吓得他赶紧躲到桌子底下，浑身发抖。

"我再——也——不——要——跟你们玩了！"胖小宝狮子般的声音差点把黑板都震下来了。他"砰"地踢开了教室的门，头也不回地往学校外墙走去。只见他纵身一跃，手脚并用，用

力一蹬，一个气呼呼的身影便消失在早高峰拥挤的人群中。

"唉！"张小聪耸了耸肩，"真是个暴脾气！来吧，继续下！"

第二章——巷里遇天皇

胖小宝可受不了大街上来来往往行人的喧闹，他想一个人去静静。突然，一条很僻静的小巷出现在了他的脑海里——神秘巷！胖小宝迅速找到了这条人烟稀少的小巷，走了进去，蹲在垃圾桶边埋头思索着骤然发生的一切。他很邋遢，一直喜欢蹲在垃圾桶边上。

突然，垃圾桶的盖子轻轻地动了一动。胖小宝胖胖的肚子里的淘气细胞又活跃起来了。他想，一定是一只孤苦伶仃的小狗。看我把它关起来，关在垃圾桶里！嘻嘻嘻！他立刻爬起来，"啪"地一按，把那个蠕动着的东西按住了。

"年轻人，咳咳，快把你的手移开！"胖小宝被这苍老的声音吓了一大跳，他一下子把手移开——只见垃圾桶的盖子"砰"的一声弹了起来，从垃圾桶里升起了一个白色的球。那球几乎是用牛奶做成的，柔顺丝滑。而且，它比一头奶牛还要大呢！"噗"的一声，大球破了，从里面钻出了一个矮矮的老头儿。他长着可以碰着地面的、银白色的胡须，身穿十爪龙袍，头上还顶着一个可乐瓶。这个老头虽然穿得很华丽，但落满了灰尘，他一直"咳咳"地咳嗽着。

"您是——垃圾神？"胖小宝看着眼前这个奇怪的老头，疑惑地问。

"怎么可能！"老头突然觉得头上戴的有点儿不对劲，摘下来一看，是一个可乐瓶。他连忙把可乐瓶扔进垃圾桶里，找来找去，好不容易找到了一顶天皇帽。他立刻戴上，清了清嗓子，说："我是掌管整个天界和凡界的天皇——玉皇小帝，是远近闻名的玉皇大帝的儿子，也是嫡长子。可不是那个……呃……

那个垃什么来着？反正不是他！"

"因为我得力的助手嫦娥不幸被一位神仙暗害了，所以我今天下凡巡游，想另找一个凡间的得力助手。我看你身材魁梧，相貌可爱，所以准备请你上天为官，辅佐我。"

"我凭什么去啊？这天什么的我一点都不了解，怎么知道好不好玩呢？再说那地方好不好看呢？"胖小宝心怀疑问。

玉皇小帝捻了捻长长的胡须，从口袋里掏出了一副快板，一边敲着一边说：

啊——
这天庭的生活真是妙，
有酒，有肉，有说，有笑。
天天只用吃喝玩乐，
朝廷大事放手不管！

呀——
这天庭的景色真是好，
有山，有水，有路，有桥。
风景美不胜收啊，
花草树木都那么香！

哎——
天庭生活真是妙，
天庭风景就是好，
就问你，来不来，
胖小宝？

胖小宝彻底被玉皇小帝说动了，他说："好，请您带我一起去天上吧！我已经迫不及待了。"当然，玉皇小帝也很高兴有了一个新助手，或者说是新朋友。

第三章——小宝被利用

　　玉皇小帝说的没错，天庭里果然是一副奇幻的景象。天庭的中间是瑶池，就是王母娘娘举办蟠桃盛会的地方。一道道彩虹做的桥横穿池面，池上处处行驶着彩云做的船。池两边栽满了仙树，它们长得就像仙女一般婀娜多姿，树叶五彩缤纷，据说摘下一片剁碎在水里，然后用掺着树叶的水洗个澡，你就可以拥有无与伦比的、独一无二的芳香。仙树的四周便是神仙们各自的府邸了。

　　瑶池的东边是王母娘娘、太上老君、太白金星等文臣的住处，蟠桃园也在那个地方；瑶池的南边是托塔李天王、哪吒三太子、四大天王等武将的住处，天牢也在那个地方；瑶池的西边是幽冥界驻天界大使馆、海底龙宫驻天界大使馆、须弥山雷音寺驻天界大使馆各神仙的住处，这三个大使馆也在那个地方；瑶池的北边是玉皇小帝、胖小宝及宫中的其他侍卫、助手和后宫的女子的住处，御马监也在那边。

　　胖小宝每天与宫中的其他侍卫、助手一起吃喝玩乐，好不痛快。他们最喜欢去瑶池，在那里乘着彩云小舟缓缓前行，多么的惬意啊！一到晚上，胖小宝便辅佐玉皇小帝，帮他托盆子、递毛巾、换洗衣物……玉皇小帝见他挺能干，对他格外的喜欢。不过，小宝还是有他的老毛病——一直发脾气。坏习惯要改掉，还真是挺难的。

　　有一天，胖小宝和几个宫女一起喝酒。他突然打了一个大大的喷嚏。一个妃子小心地说："小宝，你打喷嚏时可不可以——转过来一点？""为什么？我打喷嚏还要受你管吗？老子想怎么打就怎么打！"胖小宝的火气又起来了。他一脚踢翻石桌，气呼呼地回府去了。他可不知道，有一个神仙正在暗中关注着他呢!

此神仙是恶气神,一个掌管世间邪恶的神仙,是幽冥界驻天界大使馆馆长。他一直戴着白色面具,手上还拿着一把锋利无比的尖刀。谁要是被这把尖刀砍了一下,便会无条件地服从恶气神的命令十天。过了期限,这十天的记忆便会自动消除。恶气神和玉皇小帝一样,也特别喜欢胖小宝。不过,他最喜欢胖小宝的原因有两个:一个是小宝经常发脾气,另一个是玉皇小帝也很喜欢他。他可以利用胖小宝办成一个惊天动地的大阴谋——谋权篡位。

一个大雾天的早晨,整个天庭都是黑乎乎的一片。胖小宝在黑暗中艰难地行走着,准备上朝。可是,大雾把什么都遮住了,他迷路了。突然,一座阴森恐怖,布满寒意的宝殿出现在了他的面前。那深黑色的牌匾上的十二个大红字赫然入目:

幽冥界驻天界大使馆馆长府

"这是——恶气神的府邸?"胖小宝抬头看着牌匾,想道,"那么,陛下的府邸应该就在附近。"他转身要走。突然,一张巨大的网从牌匾的中间射出,把胖小宝硬生生地罩了起来。

"嘿嘿嘿!"一阵阴森的坏笑传来,一个穿黑袍子,几乎和天空浑然一体的神仙从府里走了出来。胖小宝透过阴惨惨的雾气和大王网细密的缝隙瞧见来人还戴了一个雪白雪白的面具,手上的一个尖尖的东西闪着致命的寒光。来人一挥胳膊,胖小宝只觉得一阵寒意流遍了全身。网松开了,他立刻扑通一声跪在了那人的脚下:"我愿意为您效劳十天,主人!"

第四章——帝位遭变劫

恶气神在胖小宝的官袍里藏了一把短刀,对他下了一道郑重的命令:"趁着大雾,赶紧去刺杀玉皇小帝,千万不要被别人知道!"

这把短刀可不得了啦！话说荆轲刺秦王的时候，燕国太子给了他一把锋利无比的短刀，上面浸满了毒液，只要划伤别人一道小口子就可以致其死亡。可荆轲刺秦王并没有成功，反而自己丢了性命。荆轲就拿着这把短刀来到了幽冥界，把这把刀献给了冥王。恶气神因为有大大的功劳，冥王就把这一把"杀人像剪纸那么方便"的短刀赏赐给了恶气神。

胖小宝哈着腰，迈着小碎步，既快又轻地朝着北边陛下的住处跑去。现在浓浓的大雾已经散了一些，他不一会儿便瞧见天皇宫门口威风凛凛的石狮子了。胖小宝是玉皇小帝的爱臣，皇宫的守卫自然不会为难他。眨眼的工夫，胖小宝已经穿过了郁郁葱葱的后花园，双脚踏上了金色屋顶、朱红色瓦墙的大殿。

"爱卿今天来的为何这么迟啊？"

"启禀陛下，臣知今天是陛下的生日，特准备了礼物，为陛下贺喜！"

"哦？礼物？好好好，快拿来给我瞧瞧！"

"遵旨！"

胖小宝端着一个木头匣子走到了玉皇小帝的面前，他慢慢地打开盒子，把手伸进去，突然从里面抽出了那把短刀！"礼物来也！"胖小宝一边说着，一边拿着短刀刺向玉皇小帝。玉皇小帝一惊，拔腿向宫外跑去。胖小宝连忙追上去，在玉皇小帝的小腿肚子上砍了一刀。这下可好，玉皇小帝再也没法跑出去一步了。胖小宝迅速地从宫门逃了出去。

大殿内的文武百官被突如其来的事情吓得目瞪口呆：托塔李天王瞪着大眼睛，手上的宝塔摔在了地上；太白金星张着那张能说会道的大嘴巴，手上的拂尘在颤抖；海底龙宫驻天界大使馆的馆长巡海夜叉颤抖着双腿，举着大铜锤的双手仿佛一下子没了力气，耷拉在两边，眨着一对大眼睛……大家都没发现胖小宝已经逃走了。

"各位别慌！"一个戴着白面具、手持大刀的神仙蹬蹬蹬地步入大殿。是恶气神！他用镇定的声音对众神仙说："逆贼胖小宝取得陛下的信任，用毒辣的手段逼陛下入死地，简直是不可饶恕！我想把他打入天牢，办其死罪，诸位意下如何？"恶气神的声音简直像天皇一样威风。

叽叽喳喳！神仙们可就议论开了。

"这胖小宝杀了陛下，是应该重重惩罚！"

"恶气神说得有理啊！"

"陛下还没有儿子，不如把他先推为天皇，暂时管理朝政，也好正正当当地把胖小宝办罪！"

"嘿！这个办法好！"

"就这么办吧！"

于是，众神仙一起说道："我们公推馆长为天皇，管理朝政，办罪逆臣！"

恶气神见自己的目的达到了，露出了狰狞的笑容。

恶气神登基后，下了通缉令：

凡是见到胖小宝向官府报告的，赏金十两！

能把胖小宝当场制服却不伤性命的，赏金五十两！

把胖小宝押至天牢的，赏金一百两！

这下，众神仙都巴不得找着胖小宝，那岂不是天上掉馅饼，发大财啦！导致天宫里老是有人持着宝剑，东看看西看看的。我们的胖小宝真是可怜，不一会儿便被托塔李天王逮着了。恶气神以谋反罪把无辜的胖小宝关进天牢，并下令："下个月的今天，给我行刑！"

俗话说："一朝天子一朝臣。"恶气神不仅惩治了"谋反"的胖小宝，还把老一辈的神仙，像太白金星、托塔李天王、四大天王这些大臣都套了个罪名，革了职。他重重地提拔自己大使馆里面的神仙，让臭鼬主帅看守东天门，猴子将领把守西天门，毒蛇统帅把关南天门，狮子大将看管北天门；羊丞相、马大夫、狼太监控制了整个朝廷。这些臣子都做到了"一人之下，万人之上。"

恶气神大搞清算的时候，一个侍卫偷偷地乘着彩云从北天门溜了出去。

第五章——向小宝坦白

这个侍卫就是玉皇小帝。他不是被刺死了吗？原来玉皇小帝知道嫦娥是恶气神害死的，就想到恶气神会造反，夺取自己的皇位。他接胖小宝上天庭以后，在他的侍卫里挑了一个长得和自己很像的小伙子，用自己的龙袍往小伙子的脸上一甩——那小伙子竟变成了玉皇小帝的模样，而玉皇小帝变成了那小伙子的模样！

玉皇小帝嘱咐那个小伙子说："从今以后，你就是我，我就是你，千万不要让别人知道我们互换了身份！"说着，他们互相换了衣服。那天起，这个"侍卫"就一直伺候着"玉皇小帝"。

当可怜的胖小宝刺杀了"玉皇小帝"，冤枉地被恶气神关进天牢里的时候，玉皇小帝整天愁眉苦脸的。一个可爱的胖娃娃受了这么大的委屈，该多么伤心啊！他下了决心，等十天的期限过去，恶气神控制不了胖小宝的时候，他就去和胖小宝谈一谈。

十天一转眼就过去了。胖小宝在那十天里的记忆突然就消失了。"咦？这是哪里？我怎么会在这儿？"他问看守大牢的猪卫兵。

"妈呀！你在天牢里才蹲了十天，就患上失忆症了？害得我还要白费口舌，再给你说一遍。"猪卫兵把十天前的事又说了一遍。

"刺死陛下？你说老子能干出这种事情来？"胖小宝的牛脾气又上来了。这时，一个猪军官大踏步走了进来："有人探监，是个侍卫，请胖小宝出去会面！"

胖小宝跟着那位猪军官进了会客室。这里里里外外全是猪卫兵，让人看了不寒而栗。一个长得和玉皇小帝很像的侍卫走了进来。胖小宝一瞧，只觉得那小伙子气度不凡。那小伙子一屁股坐了下来，环视了一下四周，然后对胖小宝咬耳朵："我就是玉皇小帝。"

"啊？真的？我就知道你还活着！"胖小宝高兴得叫出声来。

"嘘！别给别人知道！"玉皇小帝赶忙捂住了胖小宝的嘴，又环视了一下四周，幸好没有被猪卫兵发现。

"让我来给你讲讲这里面的故事。"玉皇小帝轻轻地把真相一五一十给胖小宝讲了一遍。故事讲完，他急急忙忙地说："过几天我会来救你的！还有二十天，恶气神就要行刑了！保重！"说着便急匆匆离开。就是这天，他从北天门偷偷地逃了出去。

第六章——协作找帮手

玉皇小帝双手合十，掏出佛珠，一念咒语——他又变成了自己的模样。他又来到了神秘巷，发现胖小宝脏兮兮的学生证正躺在垃圾桶的旁边呢！上面写着：

江明省明州市学生证

姓名：胖小宝

出生日期：2012 年 6 月 29 日

学校：明州市向前街实验小学

班级：2018 级 1 班

学号：22 号

此证在校就读期间有效，宜保存

"啊，胖小宝原来是这个学校的！我去找找。"玉皇小帝捡起学生证，急匆匆地跑出小巷，东找找西找找，看见一个"大盒子"，顶上的大灯写着：

189 路

东方奇幻动物园　开往 向前街实验小学

"哎？这是什么怪物，怎么还到学校？我坐上去试试。"

玉皇小帝想着，走到了"大盒子"面前，"大盒子"停下了，从上面开了一个"小孔"。坐着的驾驶员看了看玉皇小帝，对他说："请投币或刷卡！"

"嘿！你是什么怪物，弄了个'大盒子'，还到学校！而且还让我投个什么东西？还要刷什么？"玉皇小帝怒气冲冲地说。"大盒子"上的乘客"刷"地把目光聚集在了玉皇小帝和驾驶员俩身上。

"嗨！你没钱，还想坐公交，还污蔑我是怪物？没钱别想坐车！"驾驶员一下子从座位上站了起来，大手用力一挥，就把玉皇小帝推下了车。他回到驾驶座，"砰"地关上门，在一阵呛鼻的汽油味中开走了。

玉皇小帝趴在地上，大口大口地喘着粗气。"好啊，你个怪物，开个'大盒子'就威风死了？"玉皇小帝觉得不公平，"我自己去学校！"恰巧，另一辆189路开来了。玉皇小帝纵身一跃就跳到了车顶上。车子在大马路中间穿来穿去，路上的行人都惊讶地看着玉皇小帝，以为他是个疯子，无缘无故地爬到车顶上去。

不一会儿，"大盒子"停在了学校门口。玉皇小帝跳下车，迅速地向学校跑去。"站住！给我回来！"学校大门口的保安跑了过来，"禁止随意闯进学校！"玉皇小帝顾不了那么多，他回头望了望保安，拔腿跑进了教学楼。

玉皇小帝一口气跑到了四（1）班。他"砰"地踢开了门，全班五十双眼睛全都聚集在了玉皇小帝身上。

"呼——呼——呼——"玉皇小帝扶着教室的门框，喘着粗气。

"你——你是什么人？怎么闯——闯——闯进了学——学校？"四（1）班的袁老师吓得双腿发抖，连话都说不利索了。

"我——我来找人。"玉皇小帝还在喘着粗气。

"你找谁？"

"胖小宝的朋友们。"

"你怎么认识胖小宝？"

"说来话长，我先来找小朋友们谈一谈。"

"嘿，你是拐卖儿童的吧？拐了胖小宝，又想拐他的朋友们？你给我出去！我不希望再次见到你！"

袁老师大踏步走上前，比玉皇小帝都高一截！她铆足了劲，"砰"地一声关上了门，把可怜的玉皇小帝隔在了门外。

玉皇小帝唉声叹气地离开了教室，一边走，脑子里一边转。老是找不到帮手，就没法救胖小宝啊！他走到校门口，并没有理睬保安对他大喊大叫，而是蹲在校门前，双手托着下巴，盯着来来往往的行人的脚，想着找到胖小宝的朋友们的办法。

放学了，同学们陆陆续续地走出教室。只有张小聪落在后面，磨磨蹭蹭地理着书包。

"嘿，小聪，我们一起回家吧！"王怕怕提议。

"好，不过你得等等……"张小聪的声音越来越小，手上的东西也掉了下去。他呆呆地望着窗外，似乎在思考着什么。

"喂喂喂，张小聪，你在想啥？"李美美问。

李丽丽伸出手，在张小聪的眼前晃来晃去。

"啊没，没啥。"张小聪说着，捡起地上的东西，继续理书包。

"张小聪，你刚才到底在想什么？"王怕怕也很好奇。

张小胖环顾了一下四周，见只剩下他们四个人了，方才开口道："我一直觉得刚才那个老头儿有点奇怪。"

"是呀。"李美美附和。

"他知道胖小宝。"李丽丽也说。

"胖小宝最近一直没有来学校。他会不会知道胖小宝现在在哪里？他会不会帮我们找到胖小宝？我想，我们得问问他，前提是你们同意。"

"这……这不太好……好吧。"王怕怕的紧张细胞团队又控制了他的大脑，"他有可能是人贩子！"

"走，我们出去看看，希望能找到胖小宝。"

"好吧，我们一起去。"

他们走到学校门口时，玉皇小帝还坐在那儿呐！小朋友们立刻走了过去。张小聪说："我们就是胖小宝的朋友。你是谁？"

"我是天宫的玉皇小帝。我是神仙，就住在天上。"玉皇小帝见了朋友们自己来找他，高兴得眉开眼笑。他"腾"地站起，自我介绍："你们读过《西游记》吧？书里的玉皇大帝就是我的爸。"

"说起胖小宝，我把他接上天宫做我的助手。我来说说他去哪儿了。"玉皇小帝把这几天胖小宝的遭遇和整个天宫发生的乱事说了一遍。

"啊，怎么会这样？"李美美问。

"我们要去救他！"李丽丽接着说。

"是呀是呀，我们也要去！"王怕怕和张小聪异口同声地说。

"你们真是胖小宝的好朋友。你去和你们的家长们说一声，别忘了和胖小宝的父母说一声。我们今晚六点在神秘巷见面！"

"好！我们这就去。"

第七章——共同商议计划

"咚！咚！咚！咚！咚！咚！"城里的钟楼敲响了六下。

李美美、李丽丽、王怕怕和张小聪准时来到了神秘巷。只见一位长着可以碰着地面的、银白色的胡须，身穿十爪龙袍，头上还顶着一顶华丽天皇帽的小老头儿坐在垃圾桶边胖小宝的老位置上，正打着快板玩儿呢！但见四人到齐，彼此交谈片刻，关照他们坐下，然后他打起了快板：

嘿，嘿！
这胖小宝，在天牢，
就在皇宫的旁边。
我们要去救他，
先得攻破四大天门！

嘿，嘿！
这东天门，看着的是，
臭鼬主帅和超级臭臭军团。
李美美和李丽丽，你们去，
抢走主帅的臭味剂！

嘿，嘿！
这西天门，看着的是，
猴子将领和灵活猴子大军，
张小聪，你去，
拿走将领的快速帽！

嘿，嘿！
这南天门，看着的是，

毒蛇统帅和可怕毒蛇团队，

王怕怕，你去，

取走统帅的毒液枪！

嘿，嘿！

这北天门，看着的是，

狮子大将和怒吼狮子军队，

玉皇小帝，扮成普通人去，

夺走大将的吼叫喇叭！

嘿，嘿！

李美美和李丽丽用臭味剂熏晕看守，

张小聪用快速帽找到胖小宝，

王怕怕用毒液枪打倒守牢士兵，

我用吼叫喇叭呼唤胖小宝！

"计划我们懂了！"张小聪朝大家点了点头，"就是我们是凡人，上不了天，怎么办？"

"没事，我准备了这个。"玉皇小帝从龙袍的口袋里掏出了一些像玻璃弹珠一样的东西，"这是升天丸，吃了它就可以飞上天啦！"

"不会……不……不安全吧？"王怕怕总是这么胆小。

"不会，胖小宝就是吃这个上天的。"玉皇小帝向大家保证。

"好！可以上天咯！"李美美激动得直拍手。

"我们赶紧出发吧！"李丽丽也激动得直拍手。

大家都拿了一个升天丸，瞬间有五朵云飞了过来。大家一人上了一片云，玉皇小帝掏出佛珠，一念咒语，又变成了那个侍卫的模样，也踏上了一片云，朝着布满邪恶的天宫飞去。

第八章——惊险的营救

五人分别来到了四大天门。按照计划，开始行动。

李美美和李丽丽飞向东天门，远远地就闻到了一股难闻的臭气。走得越近，臭味越浓。她们捏紧了鼻子，好不容易到了东天门。

"你们是何许人也，竟敢闯入天宫的地界！问问我的臭味答不答应！"臭鼬主帅掏出臭味剂，顿时臭气熏天，整个天空都被黄绿色的气体给覆盖了。无奈，姐妹俩只得败下阵来。

张小聪飞快地赶到了西天门。他放眼一瞧，发现西天门根本没有守卫，哪还有什么灵活猴子大军啊！他放松了警惕，大摇大摆地朝天宫里面走去。

突然，从门后面跳出了一只硕大无比的红屁股猴子！别看他个大，身子可灵活得很啊！他围着张小聪转了好几圈，把张小聪弄得晕头转向。忽然，猴子将领的尾巴一扫，张小聪就没影儿啦。

王怕怕赶到了南天门。只见方圆几百里都是绿色的草地。王怕怕走上草坪，发现上面滑溜溜的。突然，草坪动了动，直起了腰——一看是条巨大的毒蛇！王怕怕吓得魂都没了，慌里慌张地逃跑了。

玉皇小帝来到北天门，一眼便瞧见了威风凛凛的狮子大将。他刚想施法，却被狮子大将一声怒吼给赶了回来。

大家在天宫客栈碰到了一块儿。

"各位，你们都遇到什么困难了？"玉皇小帝问。

大家把各自的遭遇都说了一遍。

"啊，原来如此，"玉皇小帝捻着胡须计上心来，"你们可以这样……"

大家点了点头，乐得直拍手。

"好了，我们先去客栈休息一晚，到明天再进攻吧！"

第二天，天刚蒙蒙亮，五人就出发准备偷袭天宫。他们穿好了紧身衣，带好对讲机，让第一小队出发。

第一小队——李美美和李丽丽率先到达东天门。只见臭鼬主帅已经拿好臭味剂，在那儿严阵以待哪。他的后面，是一个个撅着小屁股等着的超级臭臭军团。李美美戴好了防毒面具，率先跑了过去："看！我在这儿呐。你们快过来啊！"臭鼬主帅见了，打开臭味剂，一时又是臭气熏天。小臭鼬们也开始了他们的"臭气进攻"。

李丽丽赶紧戴好防毒面具，趁着漫天的黄绿色的臭气，偷偷地溜到了臭鼬主帅的身边。她纵身一跃，伸手一取，那臭味剂就到了她的手中。李丽丽盖好臭味剂，漫天的气体少了许多。

李美美看见臭气变少了，知道李丽丽已经完成了任务，便轻轻一跳，从大块头臭鼬主帅的头顶跃了过去，找到了李丽丽。

超级臭臭军团一拥而上，把姐妹俩团团围住。姐妹俩爬上了一只臭鼬的头顶，就这样，她们踩着"肉桥"走出了包围圈。东天门沦陷了。臭鼬主帅慌忙去报告恶气神。

第二小队的张小聪听到第一小队的报告，马上向着西天门的方向出发了。猴子将领这次早就在大门口等着了。一看见张小聪，他立刻围了上来，还是用老计策，绕着他团团转。这次张小聪可是有备而来啊。他找了个空当，一下子骑到了一只猴子身上。

猴子将领见张小聪不见了，一回头，发现他正骑在一只猴子上呢。他立刻前去救那只猴子。不料，张小聪一翻身，又骑在了他的身上。猴子将领用力甩着身子，试图把张小聪甩下来。可人没甩下来，自己的快速帽倒是没了。张小聪戴上快速帽，轻轻松松地进了天宫。西天门也沦陷了。猴子将领慌里慌张的赶去报告恶气神。

第三小队的王怕怕等到张小聪进了天宫，也出发去南天门了。毒蛇统帅吐着鲜红的舌头，对他的可怕毒蛇团队说："猎物送上门来啦！"小蛇们都"呵呵"地坏笑着。趁着王怕怕不注意，毒蛇统帅用他长长的身子把可怜的王怕怕围在了中间。

王怕怕浑然不知自己已处于危险之中。毒蛇统帅的身子越缩越紧，包围圈也越缩越小。等到王怕怕回过神来，包围圈差不多只有1平方米了，毒蛇统帅张着血盆大口，朝王怕怕咬来。王怕怕吓得浑身直打哆嗦，这可如何是好？突然，一个好点子在王怕怕的脑子里闪过。他对准毒蛇统帅的尖牙，猛踢了一脚，只听见美妙的"咔咔"声——毒蛇统帅的毒牙被打了下来！毒蛇统帅疼得"嗷嗷"直叫唤，王怕怕趁机逃离了包围圈。

王怕怕发现毒牙上有一个按钮，他一按，那毒牙竟变成了毒液枪！他拿着毒液枪轻而易举地打败了可怕毒蛇团队，进入了天宫。南天门也沦陷了。毒蛇统帅忍着疼去报告恶气神。

第四小队的玉皇小帝等到了第三小队的报告，出发去进攻北天门。狮子大将早已恭候在那儿了。狮子大将又展示了他的狮吼功。玉皇小帝已经戴上了耳塞，根本不怕。狮子大将又拿起了他的吼叫喇叭，准备第二次的狮吼功。可还没等他张嘴，吼叫喇叭就给玉皇小帝夺了去。玉皇小帝首次展示了他的"人"吼功，把怒吼狮子军队打得落花流水。北天门也沦陷了。狮子大将快马加鞭去报告恶气神，玉皇小帝大摇大摆地进了天宫，与"四小只"在天牢会合了。

玉皇小帝轻声说："按计划行事！"大家点了点头。

李美美和李丽丽戴着防毒面具，看见一个猪军官就打开臭味剂。天牢内顿时臭气熏天，猪军官捏着鼻子，像个不倒翁似地晃来晃去，随后"砰"的一声晕倒在地。

张小聪也戴上防毒面具，戴着快速帽，趁着天牢的乱劲儿，冲进了天牢。他就找到了胖小宝。只见他正捏着鼻子，坐在墙角，双眼直勾勾地盯着牢门外呢。见到张小聪进来，他吃惊地张大

了嘴。

张小聪抢过一晕倒在地的猪军官的钥匙，打开牢房栅栏。两个人迅速跑出牢房。诸多猪卫兵突然出现在牢门口，把二人团团围住。

"我来了！"在这千钧一发之际，王怕怕拿着毒液枪跑了过来。他一开枪，一排猪卫兵便睁不开眼了。李美美和李丽丽也赶到了，他们用臭味剂熏晕了许多的猪卫兵。胖小宝慌忙捏紧了鼻子。

天空中到处弥漫着臭味剂制造的黄绿色气体，大家连路都看不清了。"胖小宝！你在哪儿啊！"远远地，玉皇小帝的声音传到了这儿。大家顺着声音，不一会儿便找到了出口。

"玉……玉皇小帝，这是怎么回事？"胖小宝特别吃惊。

"我不是跟你说了吗？我会来救你的。"玉皇小帝指了指胖小宝的朋友们，"我就叫了些帮手啊！"

"对不起，"胖小宝对朋友们说，"我之前一直向你们发脾气，你们不计前嫌，还来救我，我真是太感激了！"

"没事儿，我们是好朋友，就应该互帮互助！"张小胖回答。

玉皇小帝打断了这一场相逢对话："那么，既然大家都团聚了，那我们趁热打铁，再去打主谋恶气神吧！来，我们这样……"

第九章——智勇斗新帝

恶气神本来在龙床上睡着大觉，突然一声"报——"打断了他的美梦。他气呼呼地问："何事这么着急？"

来人说："东天门臭鼬主帅求见！"

"哦？快快叫他进来。"

"遵旨！"

过了一会儿，一只胖乎乎的臭鼬跑了进来。"陛下！臣今天守着东天门，突然冒出了俩小毛孩儿，抢走了我的兵器，跑进天宫里来了！请陛下快快发兵捉拿！"

"该死的东西！"恶气神骂道，"两个小屁孩儿还拦不住？打搅了我的美梦。去去去！"

臭鼬主帅还想说什么，但听恶气神这么说，只得哈着腰走出去。

过了一会儿，又来了一声"报——"

"又是谁？"恶气神懒洋洋地问。

"猴子将军求见。"

"报——"又有人跑了过来，"毒蛇统帅求见。"

"报——狮子大将求见。"

"这是怎么回事？这么多将军来见我？你们都退下去，带他们三个和臭鼬主帅来。"

三个将军一一报告了自己的遭遇，和臭鼬主帅的差不多。"今天怎么会有这么多人闯进了天宫？估计是出事了。"恶气神想到这里，立刻叫四位将军整顿自己手下的兵马，共同捉拿外来人。

就在这时，"报——猪军官求见。"

猪军官慌里慌张跑来："报……报告陛下，天……天牢被劫了！"

"啊？"恶气神"腾"地从龙床上站了起来，"快快告诉我，是谁去劫了狱，谁被带出来了？"

"是……是俩女孩，俩男孩，一个侍卫，长得有点像玉皇小帝，这几个人劫了狱。被带出来的是胖小宝。"

这下巧了，劫狱的人正是闯进来的人，救出的人是胖小宝，说明他们是胖小宝的同伙。"快，马上召集军队，打击外来人，抓住胖小宝！"恶气神怒气冲冲地下令。

不一会儿，恶气神带着臭鼬主帅、毒蛇统帅、猴子将领、狮子大将和猪军官，率领数以万计的兵马朝天牢赶去，一定要把外来人消灭不可。他们来到半路上，正碰见胖小宝一个人远远地走过来。胖小宝见了恶气神的军队，撒腿便向蟠桃园跑去。

恶气神下令："给我追！抓住胖小宝重重有赏，活的死的都行！"胖小宝会被追上吗？当然不会！他戴着快速帽呢！他把恶气神的大军远远地甩在了后头。恶气神使出了他的绝招。他一个翻身骑在了大刀上，大刀的后面发出了点点火光，变成了一个推进器！与对方你追我赶，来到了蟠桃园。

恶气神和他的军队迅速开进了蟠桃园。蟠桃园里，树木丛生，

百草丰茂，瓜果满地。咦，胖小宝去哪儿了？

恶气神正纳闷儿，突然，一阵昏天黑地的臭气从桃树后蔓延开来，把恶气神他们熏得六神无主哭爹喊娘。这还不够，突然，一道紫光射来，把站在恶气神后头的猪军官给打倒了。在黄绿色的气体中，李美美、李丽丽、王怕怕、胖小宝四个人戴着防毒面具，拿着武器出现了。"是……是你……"恶气神话还没说完，一道紫光射出，这个掌管着世间邪恶的神仙就被毒液枪给打死了。

恶气神的手下见主帅倒下了，纷纷缴枪投降。没投降的要么是被杀死，要么被抓，没有一个人逃出蟠桃园。神界把这场大战称为"蟠桃之战"，把恶气神掌权的这段时间称为"恶人专政"。

你一定感到很奇怪，这么一场蟠桃之战，机灵鬼张小聪和大战主谋玉皇小帝去哪儿了？

第十章——恶除皇帝立

原来，在恶气神把全部兵马都调去追赶胖小宝时，玉皇小帝换上龙袍，偷偷地和张小聪一起潜入了皇宫。那时正好是八点五十五分，再过五分钟就是神界上朝的时间了。玉皇小帝坐在龙椅上，整理衣冠，等待大臣们到来。张小聪恭恭敬敬地站在一边。

过了一会儿，羊丞相、马大夫、

狼太监还有各位大臣都到来了。一瞧坐在龙椅上的不是恶气神，而是玉皇小帝，都吃惊地张大了嘴。

"陛……陛……陛下，您不是……怎么又显灵了？"马大夫吃惊得连话都说不利索了。

于是，玉皇小帝和张小聪添油加醋地把事情的来龙去脉向大臣们讲了一遍。大家都明白了，觉得恶气神只顾自己的利益，谋害了那么多人，真是个大坏蛋。大家决定归顺聪明贤能的玉皇小帝，反对作恶多端的恶气神。

玉皇小帝从这些新大臣中挑了几个能干的留下，剩下的客客气气地打发他们走了。他还叫张小聪把老臣们都叫回来，又挑了许多能干的，剩下的也让他们从哪儿来，回哪儿去。

等到把朝中大臣都安顿好了，李美美、李丽丽、王怕怕和胖小宝也凯旋了。玉皇小帝走下龙椅，为英雄贺喜。众新老大臣纷纷赶来祝贺。玉皇小帝大摆宴席，呈上山珍海味，犒劳五位英雄。

胖小宝他们大吃大喝，欣赏歌舞，好不痛快。宴会结束时，玉皇小帝对五位小朋友们说："你们辛辛苦苦赶到天庭，惩恶扬善，我真是感激不尽。我愿封你们为仙，从此过安宁的生活。如何？"

张小聪摆了摆脑袋："陛下，我们毕竟是凡人，这次仅仅出手相助，怎敢继续留在天庭呢？我们还有未完成的学业呢！"

胖小宝他们也点点头，表示赞同。

"唉，好吧，"玉皇小帝叹息道，"恭敬不如从命，回吧。"

玉皇小帝一路把五人送到北天门，给了他们降天丸。他站在北天门下，目送着五个人慢慢地渐行渐远，直到变成五个小黑点，消失在无边无际的祥云中……

2022 年 8 月 25 日

张凌哲专辑

作/者/简/介：

　　张凌哲，2009 年 6 月出生，江苏省苏州中学园区校初中部 2021 届学生。喜欢二次元，"小众、真实、但难以理解的治愈系"写作者。

日　出

　　我没看过日出。

　　一直以来，太阳是如何升起的，如何一点点复苏世界，都是我这个睡觉昏沉无比的人不曾见过的。曾经几次旅行时的看日出计划，也被过分规律的生物钟打乱，在电视上见到的景色，也是几千倍快放后的，没有朋友口中的"那种感觉"。

　　机会在一个周末悄然来临。

　　那天睡得特别早，大约 10 点刚出头我便躺了下去，为第二天的忙碌养精蓄锐。但到了夜里，已经睡在床边的我为自己的一个翻身付出了代价——那一翻，打破了我的梦境，从尾椎骨传来的疼痛瞬间唤醒了我。我试图爬回去，但困意全无，我拉开紧闭的窗帘，外面也漆黑一片，只有家附近高架上的路灯投下昏沉的光。一切都沉睡着，没有苏醒，月光也十分朦胧，看起来时有时无，原木色的凉席在月光的照射下变成暗沉的银色，窗台上的瓷板倒是倒映着外面的景象，那时候差不多凌晨 1 点多钟。

　　过了良久，天空开始变色，先是一种昏沉的灰，然后逐渐染上了青色，那段时间非常漫长，颜色之间的变化非常缓慢。遥望路边，开始有车辆通过，很少，几分钟才有一点灯光闪过。我干脆坐到窗台上，冰冷的瓷砖刺激着我的大腿。天则变成一种神奇的颜色，未完全消退的、或者说还占据着主要天空的黑色，掺进了朦胧的青蓝，天空中像是看不清一样闪着光点——我知道那是星星。

到了五点多的时候，天空闪过第一丝朝霞，慢慢地，第二丝朝霞也出现了，第三丝、第四丝……赤红色的温暖线条连在一起，窗外开始有了亮光。此刻，一个念头萌生在我的心中，这一点点光会点亮这个世界。

就这样，点连着点，线交织着线，渐渐地，天空中汇聚着一股一股的赤流，不断冲击着黑夜。

世界的一部分已经先醒了过来，小区门口的包子铺冒起了炊烟，边上的楼层也开始有灯亮起。

天大致亮了，角角落落里开始有了阳光，不多，但十分温馨。鸟儿在窗外开始鸣叫，楼下渐渐出现行人。

卷饼

我的幼儿园生活可谓相当地不丰富。时至今日，我既不记得同学的容貌，也忘了小操场上的嬉戏，但有样东西，我却记得特别深刻，那便是家门口卖的卷饼。

卖饼的是个老大爷，据门口的招牌算，他已在此地卖了二十几年的卷饼。店不大，但和其他的路边小吃摊一比，整洁许多，木地板虽透露着陈旧，却一尘不染。

“韭菜饼不放土豆丝萝卜丝，加根肠。”这是我对这里的大部分记忆，后来跟老人熟了，他总是笑话我挑食。

老人做的饼是真香。饼不是炸的，只是放些油一煎，因此有着独有的劲道和香气。韭菜则是洗好了，加上少许油，直接放铁板上煎。老人二十几年的功法果然了得，摊下那么多韭菜，竟没有一片菜叶是焦的。饼的灵魂是酱，老人卖的饼由不得人选择甜咸，因此有些人吃不惯，我倒是无所谓。抹上浓厚的酱，饼的香味立马提升了一个档次，撒上葱花和香菜，再加上一根我喜欢的火腿肠，一份香气四溢的饼便出炉了。

当时的我胃口大，能吃下两份饼，到后来才发现，那一份饼起码顶一顿饭。以至于去苏式小酒楼吃饭时，只点了份葱油饼当主食，却发现根本不够塞牙缝。

我放学那会儿，是生意最火爆的时候，因此老人抽不出时间来说话。后来上了小学，放学晚了，便会在等饼的时候与老人聊会儿天，这才发现，老人已经七十几岁了。

后来学业任务重了，便没空去买饼。直到有一天路过，发现已经关上的门，以及落满了灰尘的"沈记卷饼"的招牌，顿时感到心里少了什么，昔日的情景闪在我眼前，味道却已经回忆不出来了。

在那之后，我也在各种地方吃过卷饼，虽说是各有各的美味，却再也没有找到能与老人做的卷饼相比的店铺。

后来铺面也易主了，变成了一家卖五金的杂货店。我也曾打听过，是不是换了地方，没有人能给出答案，我便渐渐忘了它的存在。

是啊，我再也想不出何时才能再次感受到那股香味了，慢慢地我也长大了，不再为了那饼去寻找。

直到后来的某天，外公再次同我提起这家卷饼，我早已没了印象，外公却不急不忙地拿出一个油纸袋。我打开袋子一闻，所有记忆瞬间涌入脑海，正是曾经的味道，一口咬下，香味浸满了口腔。我问在哪里买到的，才得知，老人已经去世了，他的儿子在老地方又卖起了卷饼，味道都是按原来的配方制作的，可我却总觉得少了什么。

时光深处的记忆

乡村，一个令我魂牵梦绕的地方，即便我出生在城市中，即便我仅在乡村待过几个日头，我仍认为我的一部分属于我的老家——如皋。

如皋不大，估计现在一大半都已城市化了，我的家在城市中，可小时候常去乡村的亲戚家。

那是一栋二层的中式建筑，有一小块院子，后面是一大片的田野，甚至可以去小溪里捉些鱼。

田野是我最常去的地方，吃过午饭便跑向田野，那里满是金黄的油菜花与向日葵。有时我会找块堆着干草的地方坐下，或索性坐在地上，享受着夏日的风。有时则拿起网兜，去捉上几只蝴蝶，常常一捉就是一个下午，即便什么收获也没有，也能高兴好几天。

要是有幸让我逮上一两只，那可是不得了的喜事，把它们放在玻璃罐头里，看上半天，待到天色暗下来，便打开来放它回去。然后又提着网兜抓萤火虫去了，萤火虫相对好抓些，因为它发着光，逮到五六只便可以装在透明袋子里，当亮光用，能用上两三天，若喂它吃些东西，便可以多玩几天。

早些年，还不是用煤气的，要用土灶烧饭。麦秆可以烧，但不顶用，大多是烧柴。像电视里那样把门板劈了自然是不可取的，柴火的获取大多有两个途径，一是买木头自己劈，二是去找枯木。劈柴又累又难，我只好去拾柴，虽然名字中带过"拾"字，可这东西也不是遍地都是的，更多的时候，要去砍一些枯木。

我曾经读过一篇文章，讲的是某个地方没有好砍的柴，要爬上崖顶才能找到，曾经好多人因为这个丢了性命。我不会爬树，因此只能砍到矮小的灌木。邻居家的孩子倒是会的，蹭蹭几下就上去了，他们也不笑我，倒是有时帮我做些我做不到的事，例如抓萤火虫。

长大了些，便不一直在了，偶尔会过来，那时已经能劈柴了。但木头还是给我好好上了一课，坚硬无比，刀子还划破了手。

最后一次回到这里是我 9 岁多时。那天我最后一次回到这里，最后一次拿起网兜，向田野冲去。朋友们抓了二十几只萤火虫，一股脑儿放在网兜里，那团光那一刻，比什么都亮。

后来，这里也城市化了，亲戚搬了家，田野不见了，取而代之的是一座比一座高的高楼，一间比一间豪华的饭店。我未曾再次踏上这片土地，偶尔会在朋友圈看见这里，若不是地址的重合，我简直不能相信这是我曾经欢乐的地方。

最终，我背上行囊，离开了这个充满诗意的地方。

2022 年暑假

温暖，就这么简单

有的时候，我会一个人思考——为什么同一片天空下，会有不一样的风景；为什么同样的付出，会有不一样的结果；为什么读同样的书，不同的人会有不一样的感悟？当然，世界是多变的，不变的正是我们的初心，和人与人之间相互的关怀。

温暖也许只是一句普通的问候。每天早上，总会有那么几个同学、朋友、老师与你擦肩而过，这时你总能听到几句"你好""早上好"之类的话，这几句话仅仅只有几秒钟，但你是否有一股暖流流遍全身？是啊，仅仅一句话就让人感到幸福和快乐，内心充实，一整天的心情都是美滋滋的。

温暖也许只是一个信任的眼神。不管在比赛还是生活中，只要有人向你投来一个信任的眼神，一天都是快乐的。在比赛中，无论是拔河还是接力赛，当绳子和接力棒交入你的手中，你的心情是否紧张？可当有人鼓励你时，你就会自信，无所畏惧，而他给你的鼓励，就是你我之间不变的关怀。

温暖也许只是那一个回头的瞬间。不知你们是否注意到一个细节，每天早上送完孩子后，家长们总是依依不舍地回头看了又看，然后才离开。这正是父母对子女的关怀。总有一天，你会长大，会离开父母，会步入社会，还有许多要面对的儿女情长，父母又怎么舍得？他们的一切，正是给予你的温暖。

温暖不仅仅是阳光，更来源于人与人之间的关怀和信任；温暖不仅仅是一束光，更是一次心灵的碰撞，在于你我之间的

蓝月亮　红月亮

默契。从一个人到一座城，从一次感动到一片赞美，从一种牵挂到一种洗礼，温暖的，不止你我，而是整个世界。

2022 年暑假

我选择的路

我们所在的世界由选择构成，每个人做每一件事都会面临选择，人们用理性去选择，也用感性去选择。正是这一个个小选择和大选择，构成了这个世界。

——题记

每天早上听到闹钟时，是应该立即起床，还是拍去它，再躺下？是应该好好吃顿早饭，还是一脚踏进鞋里，手拿着大葱卷饼冲出去？可有时候，人明明知道该做什么，却选了错项。

讲个我亲身经历的故事吧。两年前，我也是个游手好闲的人，用现在的话说叫"摆烂"，也擅长反驳那些每天精神饱满的人，不用做的就不做，能少做的就少做。

事情的转机发生在一天早上。闹钟仍然响在六点半，我伸手去摸闹钟，却没拿到，仔细一看，闹钟在窗台上。那天，我第一次放弃了再睡五分钟的念头。那时我一定没意识到，这个选择，会改变我的一生。

后来，我吃了早饭，那是三年级后第一次慢慢享用早饭。经过舌尖，一直从喉咙口滚下去的粥，"没想到，还挺不错的嘛！"

再后来，我第一次提早到班，第一次不用花一整天时间去弥补早上的"多睡五分钟"，也是从那时起，我开始了相对规律的生活。往深了理解，就是我的生活更加理性了。

我仔细想过，如果放学了不玩手机，饮食上每天把饮料换成水会发生什么。当时我以为这些事情微不足道，这些看似正

确的选择，能为我带来什么，百思不得其解。

　　但就我坚持下来的结果看，我不像身边的部分人一样，为了赢下一局游戏放弃几个小时，也不因摄入过度的糖分而发胖。

　　确实，一个个错误的选择都没有裹上差包装，一次次纵容、一次次"下次一定"都是无益的。

　　自己的选择构建起了自己的未来。就这次，做出真正正确的选择。

2022 年暑假

停不下来

曾几何时，我想到了停下来。嗯，不错，以后找到机会就停下来。多么天真无邪的想法啊，可太正确了，太有理了，但现在回头看却发现，已经停不下来了。道路在不断向前延伸，现在看到的终点，也许一秒后就会向远方跃去，不见踪影。火车也不会为了一个人停下来。"初二结束了就轻松多了，中考考完就如释重负了。"这种话根本不会成真的啊。

1000米可以停下来吗？我用亲身经验回答："不可以！"哪怕只是几秒钟，也会被拉开十几米。不少人天天说着摆烂了、不干了，只是因为手已经握不住笔了，眼睛已经看不动字了。

处在浪中，不论如何，总要被浪推着走，逆浪而行这种事，做不到的吧。原地躺下，没有意义的吧，站起来吧，少年，为了自己的目标——哪怕只是换个姿势、换个地方，或者过一会儿再躺下。奋进吧，少年，哪怕最终累得昏倒，也想看到一些光啊！

笑吧，别为该不该笑而思索，哭吧，别为有没有眼泪苦闷，咒骂吧，出了心里的那一口口恶气，算了吧，拿起笔还去做那些题目。

已经停不下来了啊，像蹬自行车一样，一旦骑行起来了，惯性便会阻止你停下，已经不遗余力了啊，但仍没能冲破一个个深渊，已经放弃了啊，离开书桌的时候却又格外地难受。

已经不想再坚持下去啊，好可笑啊，明明还没有输，为什么要半途而废呢？因为时日无多了啊，但现在爬起来却还赶得上，够了啊，逆袭这些事，在普通人身上怎么可能发生呢？够了啊，一天到晚想这样，怎么可能做好自己啊！喂，别那么内耗啊，因为总有办法的啊，再怎么样，还是有个看得过去的结局的啊。那么努力又有什么用啊，到最后，仍不是最好的不是吗？是啊，虽不是最好的，拼过了，也已经够好了。

没有理由的呢，脑子自动分成了两股势力，争斗后的结果就是很累，觉得自己好像经历了很多，但实际上却什么都没做呢。算了，还是奋起吧，好歹有个高中上，不用很久以后成为某些人口中的反面教材吧，不用再试图说服自己了吧，哪怕只是可悲的自我麻醉，不要那样早面对优雅的、血淋淋的结局呢。

2022 年 10 月 7 日晚自习

乌托邦世界

乌托邦，是人们理想中最美好的世界。一个叫作"理想村"的地方，会是什么样的？或者说，什么样的村子，当得"理想"二字。那里，真的能成为人们心目中的"乌托邦"吗？

计家墩是位于昆山的一个小村子，本来是个名不见经传的地方，也不知是哪个聪明人发现了这里，计家墩便摇身一变成了理想村。

大多数的田中种着水稻，泥土很湿润，好土加上好种子，必定会丰收。现在是初秋，那稻穗大体仍是绿的，有的早些"出人头地"便染上了金黄色，于是整片稻田交织着翠绿与金色两种色彩。要是时间早些，便全然是青绿的一片，再晚些，便是一幅秋收的场面，倘若有机会，还能亲眼见证穗子成熟呢。

大概是为了观光吧，田野周围一圈铺上了铁轨，有一辆老式蒸汽小火车。那小火车是露天的，铁轨也不宽，因此显得别致得可爱。我不喜欢坐在这速度恒定的车上，因此，我选择了步行，走走停停，观察路边的那些野生植物，虽然名字我都叫不上来，一个个细细看过去，也挺有意思的。许多地方都种了豆荚，一簇簇、一丛丛的，自然生长着，很富足的样子，到了秋天便能收获了呢。偶尔有观光车过来，倒是为这幅画面加了些不违合的情趣呢。

往里面走吧，是类似于姑苏水乡的街道，有些民宿装修成了小洋楼的风格，粉墙黛瓦、干净明朗，与那条不深的小溪相映成趣。还有些咖啡馆，看着座位不多，应该同商场中吵闹的星巴克不同，门口的店牌是木刻的，门边一圈撒了些碎石子，上面长了花，却没用围栏拦住，很是自然随意的样子，人来人往也没有人去采摘。只可惜也没时间进去坐坐，慢慢品一杯卡布奇诺。

走到一个路口，闻到了熟悉的香味，转过去看到那炉子，便落了那颗激动的心，有种见到老朋友的欣喜——好久没有看到这种老式的爆米花机。听得一声炮响，那瓢形炉的盖子便弹开了，里面倒出些大米，确切来说是炒米，是用大米做的爆米花。没有糖、没有香精，不似商场里浓香四溢的爆米花那么诱人，抓一把捂进嘴里，咔嚓几声之后嘴里满是浓郁的米香。买上一包，边走边吃，倒是不错。

在计家墩，我还找到了些小玩意儿，小金鱼摔炮，白纸糊的风车，以及靠一根皮筋便可以打到天上的飞天小玩具。这些自带年代感的玩物仿佛也在说，这里可是个老村子哟。

困在水泥森林里的现代都市人总是向往"悠然见南山"的田园生活，那是精神逃离到所向往的乌托邦具象的样子。若是一个理想的乌托邦真的存在，它也许就是计家墩的样了吧，安然静谧，没有数不清的霓虹灯牌，没有一家挨一家的网红餐厅，只有温暖充实的乡村生活，每个人都各司其职，将这一块小地方尽心尽力侍弄好。想起《与朱思元书》中的一句话："鸢飞戾天者，望峰息心；经纶世务者，窥谷忘反。"这里没有高峰，也没有山谷，却能让每一个来的人，忘掉生活中那些不顺心的事，抛去烦恼，在乌托邦活一回。

2022 年 10 月 7 日晚

致那可贵的坚持

学会放弃是很简单的事情吧，学会坚持却是很艰难的事情吧。这好像是什么人都懂的道理，哪怕是一个婴儿也知道。可是，很多人一直在放弃，想学一件乐器，半途而废，想学骑自行车，算了放弃。每个人都知道，坚持比放弃来得更有意义，但是又有谁能坚持那么枯燥无味的练习过程呢。

我学过弹吉他，这大概也是挺久远的事情。当时站在琴行的门口，心中好生羡慕，但我没有勇气走进去，甚至不好意思趴在窗台上多看一会儿。妈妈倒是猜透了我的心思，于是我拥有了一把不算太差的吉他。

起初学的不难，兴趣也足，因此每日回来都会练些时间。记得第一首学会的是莫扎特歌剧主题曲，便每天都弹，以至现在都记得它抑扬顿挫的旋律。可后来"三分钟热度"一过，便不想再每天练习，好像学不到什么有趣的，倒是一个个和弦的练习总在折磨我，真是痛苦不堪，放弃的念头时刻萦绕在脑海。每天回来连20分钟都不肯抽出，就这样，我进度缓慢，也越来越想放弃。那段时间，"三分钟热度"这个词用来形容我刚刚好，不仅是兴趣课，哪怕是一个有趣的游戏，在我这里也经常是刚下载，就被丢进回收站去。

五年级时，便彻底不再折腾这事，老师劝我，我便转移话题，家长劝我，我就果断拒绝。

后来有一天，我重新将它从柜子中抱出，擦去琴包上落满的灰尘，想试试这老伙计是否还能使用。琴声依旧，我却大不同了。毕竟荒废了许久，手法生疏，许多旋律更是早已忘记。几乎是重新从零开始了，突然有些后悔那时一时冲动的放弃，曾经磨出的老茧早已消失，按弦、滑弦都格外地疼，再加上本来基础就差，再回头补上成了令人痛苦的事情。

但人不发奋图强一次，都不知道自己的天赋有多好。一个多月的苦练，的确是有了成果，即使手指多次磨破、结痂、再破，每一次按弦都很难受。但那一次，我选择了坚持。

这中间还有一段插曲，或者说是一段强变调。考级的前几天，吉他摔坏了。琴头整个儿断掉，无法修复。那时我脑中还闪过一个想法，要不要就此止步，不再向前了吧。但我没有再为童年留下一个遗憾，在妈妈的支持下，换了一把新吉他，而且它的音色更好。最后的那几天，厚积薄发，披星戴月，只为证明我可以！最终，考级过了。

由于时间问题，现在我不再上吉他课，吉他也成为我极少数爱好中的一个。我也曾想过，就算考级没过，结果不都是弹吉他成为爱好吗？我想，不是的，坚持努力后的停下不是放弃，都不曾拼搏过，那才是放弃。

那把断掉的吉他，我并没有留下来做纪念。但它淡白色的面板、亮银色的音柱，会永远随着那段尘封的记忆存于我心中。

2022 年 10 月 16 日

陈若馨专辑

作 / 者 / 简 / 介：

　　陈若馨，女，2009年7月生于苏州，西安交通大学苏州附属初级中学初二学生，在《奔流》《西部散文选刊》《湖州晚报·散文诗专刊》发表文章，喜欢舞蹈和击剑运动。散文诗收入《世界华文散文诗年选》。

垂 钓

　　夏日里，微风轻轻地拂动湖面，给这炎热的天气带来些许凉意。可当太阳光照到湖面折射出来，又将这美好打破，一只不知名的小鸟飞快地从水面掠过，快准狠地叼起一条小鱼，又迅速飞回桥洞下。

　　此时，湖边香樟树的巨大树荫笼罩下，一位头戴深灰色遮阳帽，身着白色背心，穿着藏青色短裤的老人，正坐在小板凳上，手里握着钓竿。他的脚边放着一只水桶，一条小鱼绕着桶边一圈又一圈地游着，那片片鱼鳞，在阳光下忽闪忽闪的，就像穿了一身银色的盔甲。

　　长期垂钓，他的皮肤变得黝黑发亮。这就是我的外公。自从退休后，他经常来这钓鱼，常常一坐就是半天。

　　虽说他总是想把每条鱼都钓起来，却有一个奇怪的习惯，便是每每都会把钓上来的鱼重新放回湖中，只是偶尔带走一条大的，让餐桌上多一道美食。

　　当然，每次都只是在别人的口中听说他的钓鱼趣事，顶多就是从窗口看见在湖边坐着的一个背影。

　　终于，在这个暑假，我有机会仔细地近距离观看外公钓鱼。

　　他手握钓竿，目不转睛地盯着水面的浮标，等着鱼儿上钩。只有偶尔钓起一条鱼，才会和周围的亲戚朋友们聊上几句。也不忘提醒大家要小声说话别把鱼吓跑了。

　　我搬了个小板凳坐在外公身边，出了一身汗，也没看见浮标有一点动静。正当我的耐心逐渐消失时，一阵风儿吹来，水面晃了晃。外公兴奋地一把拉起鱼竿，却只看见一根空溜溜的杆子。我和周围的人都笑了，他自己也不好意思地笑了。

有了这个小插曲，刚才心中的浮躁也全被笑声冲散。又一次当我有些走神的时候，便看见他的手臂用力往后一甩，吓得我往后一退，这才看见竿子上的鱼线带着一条湿淋淋的像是穿了一件银灰色外衣的鱼从水中跃出，在空中划出一道完美的抛物线，落入了他的手中。他的那双布满老茧的手，灵巧地活动了几下，便把钩子从那条鱼儿的腮上取下，稳稳地扔进身旁的水桶中。我不自觉地拍手鼓掌，他的脸上也露出了孩童般灿烂的笑容。

不一会儿，他又上好新的鱼饵，又开始耐心的等待……

天渐渐暗了下来，外公收拾好钓具和战利品，带着满意的笑容，哼着小曲往家走去。也许这就是适合他的充实的退休生活。

傍晚的金鸡湖边，清凉的晚风拂面而来，一对母女一边休闲地散着步，一边享受着清凉的晚风带来的舒适感。银白色的月光映照在水面上，折射出的光线与路灯的光线相互照映，点亮了湖边的钓鱼平台。

几位身着白色背心、穿着短裤的老人，正手握鱼竿坐在小板凳上，双眼紧紧地盯着湖面，专心致志地钓鱼。他们在湖边排了一排，每人身旁放着一个水桶，小鱼儿在其中游来游去。老人们耐心地等待着。

我在旁边驻足看了一会儿，正觉有些无聊，准备离开时，水面上的一个浮标难以察觉地动了动，对应握着鱼竿的那只手也在顷刻间向后一甩，被太阳晒得黝黑的手臂，带动鱼竿，竿子上的鱼线带着一条闪着银白色黑色的鱼儿在空中划出一道完美的抛物线，落入那位钓者的手中。在那双因为钓鱼而变得布满老茧的手的运动中，那条不幸钓中的鱼儿从竿子上被取了下来，紧接着又是一道弧线划出，稳稳地落入了水桶之中。我不由得拍手鼓掌，这才发现周围早已聚集了不少围观的人。

此刻，不管认识或不认识，大家都分享着同样的快乐。

回家的路

走出校门，一抬眼便看见空中那占了小半边天的绚烂的晚霞——太阳像个娇羞的小姑娘，藏匿于教学楼后，虽说快要下班了，可它依旧坚守岗位，散发出的光芒一部分照到教学楼的窗户上，又折射到边上的教室中，为还留在学校的同学点亮教室；另一部分则给天染上了颜色，橙黄与湛蓝渐变的交接处，粉红色的，如棉花般蓬松，一丝一丝的云朵聚集在一起，相互缠绕成一个圈，好似是通向异域的大门——这番美景使我本就因为中秋放假而更加愉悦，一蹦一跳地骑上自行车，一边回味着学校里发生的趣事，一边往家的方向骑。

俗话说得好，乐极生悲。我就因为兴奋过头，而拐错了弯。正值下班高峰期，路上车流量极多，路况也十分复杂，掉头十分麻烦，我便抱着一丝侥幸心理继续往前骑，想着说不定可以走到另外一条路回家。我在这条错误的道路上越走越远。

遗憾的是，当我转过那个街口时，眼前的景象让我愣住了。这并不是我想象中的那条路，而是一条我从没走过的路。此时的天空早已没有了先前的明朗，开始逐渐暗淡下来——只有一小部分还散发着橙红色亮光，湛蓝之上也仿佛蒙上了一层雾，灰蒙蒙的——我那颗明朗的心仿佛也蒙上了一层纱，看不清前方的路。

刚才只顾着往前骑，丝毫没有记忆路上的样子，原路返回的记忆也泡汤了。凭着仅剩的一丝勇敢和细微的方向感，我决定继续向前骑。

一路上，全都是空荡荡的街道，别说是碰见认识的同学，连可以问路的陌生人也没有，甚至这条路上的车都只有零零星星的几辆。心中的恐惧又一次增加，就连普通的风吹过树叶的"沙沙"声都让我十分紧张，总觉得周围有鬼在跟着我。随着时间的流逝，这份恐惧感更加强烈，我车骑得越来越快，身体绷得越来越紧，简直就要飞起来了！

终于，前方的车流量又多了起来，在红的、橙的汽车尾灯之间，在热气腾腾的汽车尾气之中，我的心逐渐平静下来，勇气也渐渐地回到了我的身体。我环顾四周，感觉有些眼熟。又仔细看了看，想了想，才反应过来这是学校附近。

哈哈，绕了一圈，原来还是回到了学校啊！看着那一栋栋灯火通明的教学楼，那些趣事又一件件地回到了我的脑海中，心情也好了不少。

此时，天彻底暗了下来——虽说是暗了下来，可我却觉得此时海一般的深蓝比那蒙蒙胧胧的灰蓝色亮堂多了——路灯也亮了起来，照亮了我回家的路。

这次依旧是在校门口，重拾起离开时遗留在这里的愉快，又一次踏上了回家的路……

格斗中的芭蕾

一袭洁白的剑服，一个乌黑的面罩，一柄锃亮的长剑，格斗中的芭蕾——击剑。

一项优雅的运动，既锻炼了身体，又磨炼了心性。

赛前，需要充分的热身；

赛中，需要果断的进攻；

赛后，需要深刻的总结；

上了剑道，就是上了战场；

举起了剑，就意味着战斗开始。

向前，向后，伸手，弓步，优雅的动作，灵活的战术，不断的变化，勇猛的进攻，决定了胜负。

最后的那一剑，提升战术的关键一剑，决定胜负的最后一剑，磨炼自我的最后一剑。

双方在观众的呐喊和加油声中，试探，防守，前进，后退，最后打破僵局，冲刺，得分！

胜利的欢呼响遍全场，响彻了整个体育馆。

这就是击剑，格斗中的芭蕾。

古镇印象

脚底，是铺着青石板的老街。

头顶，是海一般湛蓝的天空。

左边，是粉墙黛瓦的老建筑。

右边，是清澈见底的巡塘河。

这里，就是巡塘古镇。

巡塘把安宁的古镇与喧闹的城市分开，巡塘又将它们连接在一起。

过了巡塘桥，就进入了古镇。房上的瓦还是那么乌黑锃亮，墙也还是那么洁白如雪。

从古镇的正中央，走进一条被藤蔓遮掩的密道，便进入了"世外桃源"。

鹅卵石铺陈的小路在花园中围了一个圆环。环外，是红的、白的、紫的花；环内，是一个小水塘，碧水中，一条条小金鱼和几只小鸭子正在悠闲地游来游去，好像在做游戏。水面上的荷花荷叶在这片幽静的境地绽放舒展，显得格外鲜艳。

在这复古之地，银铃般的笑声在天地间回荡……

秋日里的西京湾

一阵风，轻轻地拂过太湖的水面，不知从哪里吹到太湖边的天堂——西京湾。

一眼望去，宽广的草地上只有零星几个黑点，更多的是在花草中舞动的精灵。

微风一吹，又是另一番景象。

草地，成了绿色的海洋；花朵，成了彩色的浪头。它们一同在风中舞蹈，它们一同在风中歌唱。

这种境界，安宁，和谐，既愿久立四望，一览这大自然的美景，又想坐下休息，好好享受这美妙的时光。

在草地上，放一会儿风筝，捉一会儿蝴蝶。累了就躺下，静静享受着太湖边清爽的凉风和新鲜的空气。

抬头仰望天空，除了远处飘来的风筝和偶尔飞来的一两只水鸟，就是湛蓝的天空和片片白云。

多么惬意啊！

黄昏时分，与西下的夕阳依依惜别。草地上留下一行远去的足印……

漫步平江路

　　"一条平江路，半座姑苏城。"平江河旁那条七十多年的复古小路便是平江路。

　　秋天的早晨，站在横跨两岸的石桥之上，微风轻轻拂起耳边的碎发，脚下清澈的河水潺潺流动，脊背被阳光晒得乌黑的窜条鱼在水中欢快地游动着。水边的碎石缝中，生长着顽强的植物，叶子一片片都绿得发亮，中间还夹杂着朵朵白中透粉的花儿，为这石板路增添了一分生机。两旁的房屋是清一色的白墙黑瓦，只不过有些翻新过了，有些还是老样子。

　　翻新过的房屋墙壁雪白，屋顶也有了些许现代的格局。未经翻修的老屋，墙壁早已被岁月冲刷成灰黑色，墙面斑驳，这是岁月的留痕。房顶也仿佛蒙上了一层岁月的灰。临水的一边一排木制的落地窗，一根根木条长的短的横竖交叉在一起，构成了一个个图案。窗子外面挂了一排红灯笼，鲜艳的颜色也有些暗淡了，为这古老的房屋增添了一些年代感。

　　下了桥继续往里走，路旁翻新过的房屋成了一家家商店。有的卖苏州的小吃，有的卖旗袍和刺绣，还有的里面传出声声评弹的弹唱。在这现代又不失苏州味的老街上，忽见墙壁上靠着几片木板，片片长条的木板不禁勾起了我的好奇心。本以为是造船时剩下的木材，一打听才知道原来是旁边那家店铺用的塞板门。大门上面没有装和别的店铺一样的卷帘门，而是上下都有一排凹槽，那些木板上排着序号，每天晚上下班时把那些木板按照序号插到门上的凹槽中，这样的"塞板门"现在已经不多见了。

　　随着来这里的游客越来越多，平江路街区建起了几个博物馆。评弹博物馆的大门口停歇着一辆黄包车的雕像，看客正撩起长衫从车上跨下，准备入室听书去。昆曲博物馆里戏台宽敞，四周楼台上排满了座椅，当年演出盛况可见一斑。走进苏扇博物馆，一身暑气退去，便静下心来细细观赏这扇子。在檀木骨架上挖出一个一个镂空的图案，再用火给这些图案上色。这样的一把檀香扇既轻便又好看实用，而且不会掉色，舞动在手，凉风习习，檀香幽幽。

　　不久就走到了平江路的尽头，却仿佛走过了整个姑苏城。离开时，浑身满是令人心旷神怡的苏州味。

千厮门夜景

晚上七点多时步入横跨嘉陵江的千厮门大桥。此时的天还很明朗。走到桥的中央，太阳正在缓缓下落，余光洒在江面上，映出一条长长的影子，周围的水也被眼前的光映出一片橘黄。岸边的高楼大厦成了黑影，只有江上的一只小船披着金披风，缓缓向前驶去。

晚上八点天终于熬不住了，闭上了眼睛，盖上黑布，进入了梦乡。两岸的灯齐刷刷地亮了起来。

左边，电影《千与千寻》里的古镇在黑夜里浮现出来。黄的、橙的光相互交错，照得边上的湖水像白天一样明亮，只是从白天的碧绿变成了灯光的橙黄。

一层、两层、三层、四层……我慢慢地数着，可这些楼房层层叠叠，怎么也数不清，只能看见黄的光、橙的光、火红的灯笼、雪白的墙壁和一根又一根复古的紫杉木。

右边的高楼大厦之上闪烁着点点红光，白色的字母挂在楼前，这又是一番现代城市的景象。

再看看两边的公路，红的、白的、蓝的、黑的汽车尾亮着红色的车灯，在路上形成了一道红色的水流。

欣赏完夜景离开时，回头望向千厮门大桥。嘉陵江之上，一条长龙连接两岸的公路，中央是一座紫色的高塔，耸立在江上，在黑夜里穿了一个洞。这紫的、红的、黄的灯光，随着水波舞动在江面上一晃一晃，像是有条会发光的大鱼在水中摇着身子。

在这山城之中，站在千厮门大桥之上，仿佛站在两个时代

之间。一边是古老的小城镇，一边是现代的高楼大厦。当它们在同一个地方出现，这又是一种奇特的美景。

（原载《西部散文选刊》）

见潘君骅院士

"潘爷爷好！""潘爷爷好！"随着几声清脆的童声，在工作人员的带领下，迎面走来了一位精神焕发的老人。

布满皱纹的脸上，戴着一顶米黄色的针织帽，高挺的鼻梁上架着一副银色边框的眼镜，就算是岁月的印记也遮不住他阳光般慈祥的笑容。他身着一件黑色羽绒服，脖子上挂了一张养老院的身份牌，彩色的带子更显得他神采奕奕。他就是潘君骅院士。

然后就是落座了。潘爷爷在工作人员的搀扶下，在桌子的一边坐下。但因为我们都是第一次见级别如此高的人物，都有些紧张和无所适从。不过潘爷爷好像看出了我们的拘束，笑着缓缓抬起手，向头的方向伸去，摘下帽子，毫不吝啬地露出了他"地中海"式的发型。银白色的头发在头顶周围短短的竖立着，只有脑门是光的，可谓是聪明绝顶了。随后他把手放下来，往下摆了两下，示意我们坐下。

落座后，就是自我介绍了。在我们依次报完名字后，也了解到潘院士是中国工程院的院士，应用光学专家，中国科学院南京天文光学技术研究所研究员，苏州大学现代光学研究所研究员。

听完他的介绍，我们都震惊到了，采访也正式开始了。一开始我们谁也不敢先问问题，最后还是一名家长率先问出了一个有趣的问题：您现在已经 90 岁高寿了，请问您有没有什么长寿的秘诀呢？潘爷爷的回答十分有趣：这个长寿的秘诀呢，你去网上搜，网上有很多。比如我今天刚看到的……

在这个有趣的问题之后，气氛热闹了起来。善于社交的朱同学第一个拿着他带来的潘院士写的书，说："潘爷爷您好，我这里有一本您写的书，请问您能帮我签个名吗？我这里有笔。"潘院士十分热情，马上就答应了，接过他手中的笔，小心地翻开书页，刷刷地写起来。写完后，我们每个人都接过来看了一下。没想到的是，潘院士年龄近百，字却依旧坚韧有力，乍一看与三四十岁人的笔力没两样。

我们其他人也都和潘爷爷聊了起来。潘爷爷谈起他学生时代的故事津津有味，仿佛这些事情就发生在昨天。他的恩师，他的挚友，他的校园……

谈到他的家庭，他眼中更是流露出骄傲的神情，藏也藏不住。他生长于书香世家，他的姐姐就是学文的。他到现在还能流利地背出许多的古诗文。

最后，他送给了我们两句话：一句是做事一定要专注，不能一会儿做这一会儿做那；还有一句是话一定要想好了再说，要过脑子。

最后合影时，看着面前这位头发花白却依旧坚挺的老人，这位文化素养高、热情、开朗的老人，敬畏感油然而生。

我与作家零距离

听曹文轩文学讲座

这一天我很高兴，因为我见到了著名儿童文学作家曹文轩，并听了他的文学讲座。

我非常崇拜他，也非常感谢他。崇拜他是因为他写的书很好看，内容很精彩；感谢他是因为他给我们写了许多本好书。

那天下着雨，风儿把雨点从天上吹了下来。我们冒雨来到了博览中心听曹文轩老师的讲座。我们到得比较早，座位空了一大片，就挑了一个前排的位置坐下，准备着找他签名。

讲座两点钟开始，时间快到的时候呼啦啦一下子来了很多人，把位子全坐满了。工作人员在两侧临时加了两排位子，还有不少人站在后面听讲座。

曹老师讲的时候，我认真地听着。讲座的内容是读书的好处，也许是时间的关系，也许是这个数字很吉利，他一共送给了我们 6 句话。

曹老师说，读书会影响一个人的心理，读书也会影响一个人的外貌，读书甚至会影响到一个人的一生。人在心情不好、不开心的时候看看书，会让人心情变好，开心起来。

曹老师说看书多的人，就长得好看。一个不怎么帅的男孩，会变帅；一个不怎么漂亮的女孩，会变漂亮；一个帅的男孩，

会变得更帅；一个漂亮的女孩，会变得更漂亮。

　　曹老师说，读书人的一生会变得非常好。他又给我们讲了一个小偷和书的故事。有一个小偷去一个读书人家里偷鸡。第一次偷到了一只鸡，第二次又偷到了一只，第三次去的时候，却被一堵书墙给挡住了。小偷随手拿起了一本书，津津有味地看了起来。后来，那个小偷把两只鸡还了回去，和那个读书人成了好朋友。

　　曹老师还说，如果是一个写作的人，看到什么就要能写出一个故事来。他用一根在草地上的羽毛举例子，讲了一个这根羽毛找自己的家的故事。它先后问了许多鸟儿："我是你的吗？"最后在一只母鸡的身上，找到了自己的家。原来一根小小的羽毛，也能想象出一个美丽的故事来。

　　遗憾的是，讲座结束后曹老师因要去赶飞机到外地做其他讲座，没能够留下来给书迷签名。虽然没有得到曹老师的签名，但我还是很开心，因为我听了一次很有意义的讲座。

听黄蓓佳讲座

　　走进书展的大门，直奔右手边的舞台。主持人正在介绍即将开始的黄蓓佳讲座。

　　我走过去时白色的椅子上已经密密麻麻地坐满了人，只有最后排还剩下几个位置，我便赶紧坐了下来。

　　目光越过人群，映入眼帘的是一个铺了红地毯的舞台，舞台上放了一张桌子与两把椅子。桌子的正中间放了一本黄蓓佳写的书，两边分别放了作家和主持人的姓名牌。

　　过了一会儿，讲座正式开始了。黄蓓佳的语言十分幽默，一上来就谦虚地说她虽然很会写，但不怎么会讲。

　　她先从新书《太平洋、大西洋》这本书的名字说起。太平洋指的是中国南京，而大西洋则指的是爱尔兰的都柏林。《太平洋、大西洋》这本书讲的就是在南京与都柏林这两个不同的地方一起寻找一个人的故事。

随后，她就讲述了这本书的故事大概：南京有一个荆棘鸟合唱团。有一次他们去都柏林的图书馆时，甘小田等三人碰到了一位华侨老爷爷。这位老爷爷有一个小号嘴，这是他答应给他童年时的伙伴买的，他们在南京码头分开那年都只有十几岁，到现在已经过去五六十年了，中途他也回到过南京几次都是为了找他的那位朋友——哆来咪。他请求甘小田他们回南京时帮他找一下他童年的伙伴。这三位小朋友也很乐意帮助这位华侨老爷爷，在南京努力地寻找哆来咪，甚至动用了警力。老爷爷也经常在他们需要的时候给他们一些线索，并定时给他们写信告诉他们关于自己童年时和哆来咪的故事。最后在甘小田三人的不懈努力下，他们终于找到了哆来咪。只可惜，那时候的哆来咪已经得了老年痴呆，认不出老爷爷来了。

讲完后，黄蓓佳总结道：这本书，不仅仅讲的是一段找人的故事，也是一段抗日战争后的实况。

最后，她给在座的所有人提了一句话：要在阅读中了解世界。

（《听曹文轩文学讲座》原载《奔流》）

远与近

夏日的阳光从天而降，洒在黑黝黝的土地上，洒在青翠欲滴的杨梅树上，洒在外婆那勤劳朴实的背影上。

又一次走过小区里种着杨梅树的那片草坪，几日不见，原本还藏匿于枝叶之中的杨梅果子已经换上了酒红色舞裙，青涩，娇小，只有少数几颗还不愿抛头露面，依旧穿着绿色的小外套，害羞地露出脸上的红晕。

不由自主靠近那株杨梅树，恍惚间，外婆辛勤劳作的身影在树下叠加，我仿佛又回到了儿时与外婆在杨梅树林玩耍的日子。

记得有一次，我嘴馋偷偷地吃了一颗外婆刚摘下的杨梅，刚放进口里，就被酸得吐了出来。这一幕正巧被外婆看见，只见她笑眯眯地走向我，嘴里念叨着："囡囡，这杨梅果子和人生一个样，都是先酸后甜，吃不了这酸，又怎能尝出甜味来呢？"我赶忙又拿起了一颗放进嘴里，忍着没吐出来，果真尝出了甜味。

收起回忆，才突然想起很久没有与外婆见面了。前年春节暴发的疫情，打乱了我们一家回外婆家过年的行程，从那以后就再也没有见过她了。我在近处的城市里，生活被排得满满当当，却不知远在乡下的外婆的日子有多空荡，便急忙给外婆打了个电话。

"囡囡啊，找阿婆有事吗？"

"阿婆，我这不想你了吗？好久没见着你了。"

"小丫头，到底是想我了，还是想我的杨梅了？"

"嘿嘿，都有啦。不过还是想阿婆你多一些。"

是的，那天在林子里偷偷尝了一次后，我便深深地爱上了这种水果。只是周围近处的杨梅，甚至那些杨梅制品，都没了外婆那种先酸后甜的味道。

不几天，便收到了外婆从老家寄来的杨梅，一个个颗粒饱满，仿佛轻轻一掐就能掐出汁水来。那熟悉的酸味，还有那夹杂在酸汁中渺小却又冲击着味蕾的甜丝，都还是小时候的味道。

"囡囡，杨梅收到了吗？"

"收到了，和以前的一样好吃。"

"我跟你说，品这梅子和品人生是一个样儿的，先酸后甜……"

我静静地听着，细细品味。

再一次走近小区里的那几棵杨梅树，我好像又看到了外婆的脸。此刻，远处老家的杨梅林与近处的杨梅树仿佛成了一体，远处与近处，用心，正在交流……

张静兮专辑

作 / 者 / 简 / 介：

张静兮，12 岁，江苏省苏州中学伟长实验部初一（4）班学生。一个低调静穆、有着某种内在力量的姑娘，对自然有着天然的敏锐和热望，与人为善，充满爱和想象。热爱阅读和写作，在省、市级以上报刊发表散文 10 余篇，多次在各级各类征文比赛中获奖。

与星星的约定

我仰望星空，它是那样寥廓而深邃；那无穷的真理，让我苦苦求索追随。

——温家宝

流星划过天际，星空骤然浩瀚。

风撩起石洞垂下的藤蔓，叶片窸窣。一双硕大而粗糙的脚踩在攀满青苔的巨石上。瘦薄的身躯，微驼着背，头颅抬起，面向清凉的星空。他下巴突出，高起的眉弓投下的阴影遮掩了眼中对星空的无限憧憬。在流星划过天际的刹那，那个云南元谋人与星星许下一个约定——有朝一日，定会去拜访星星。

那是人类对星空的第一次仰望。

月光苍凉，注视着人间。那座未来将被命名为万户山的环形山安静地卧在月球上。

地球上，人声鼎沸。

47 枚火箭筒绑在一张木椅上。一个身穿长袍、瘦高的男人正坐在这艘"火箭"上，心中激动不已。他清瘦的手高举着用来降落的大风筝，期待着即将到达的那颗星球——月亮上，是否真的有嫦娥玉兔。"咻——"木椅升空，一道刺亮的光线划破黑夜，伴随噼噼啪啪的炸裂声。忽然，"砰"一声巨响，火箭接连爆炸，明朝士大夫万户的生命，也随着满天光芒绽放在了天空中。为了奔赴那场久远的约定，他献出了自己宝贵的生命。

那是人类第一次想到用火箭升空，并真正为探索浩瀚宇宙的梦想付诸实践。

　　"10，9，8，7……"酒泉卫星发射中心的科研人员都兴奋地注视着载着"东方红一号"卫星的"长征一号"；

　　"6，5，4……"控制室里的空气紧张得快要凝固，只听见机器电流的嗞嗞声；

　　"3，2，1，点火，发射！"一瞬间，强烈的光焰点亮了人们的视野，美丽的气焰喷涌而出，震耳欲聋。

　　"长征一号"带着所有中国人的期盼，在全世界的瞩目下飞上天空。长长的火尾巴拖在身后，宛如一颗彗星，照彻了整个黑夜。广场上，举着红旗舞着红带的人们欢呼雀跃；举国上下振奋不已。

　　1970 年 4 月 24 日 21 时 35 分，中国第一颗人造地球卫星一飞冲天，《东方红》乐曲在广阔太空中奏响，感动了整个中国。那一曲激昂的音律，开辟了中国的航天道路。

　　那是中国第一次成功探索太空，实现与星星的约定。

　　我们的问天之旅从未止息。如今，中国的空间站大门已向世界打开。这一个个成就，一个个奇迹，都是源于对星空的赤诚热爱，对宇宙未知的无限向往。

　　我仰望星空：漫天零零碎碎的光点，挣破青黛色的禁锢。每次抬头，那一闪一闪便会勾着我的欲望，禁不住想去触摸；每次抬头，就会觉得这世界神秘莫测，禁不住想去探索。

　　寥廓纯明的宇宙啊，若能相遇，请告诉我，你到底为何如此明亮，你存在的意义是什么，我们究竟能够到达哪里……岁月悠长，星空依旧灿烂，澄净的星光浸润着我心里的梦想。

　　我仰望星空，放飞梦想。

2022 年 7 月于恩施

这个不曾有过的春天

玉兰花毛茸茸的花苞已经苏醒、绽放，大朵大朵，紫霞般艳丽、白雪般纯洁的玉兰花点缀在枝头：春天，不可阻挡地到来了。

江南的春天，草长莺飞，万物复苏，与往年的春天无异，这本该是个美好的季节。但新冠疫情的再度暴发打乱了人们生活的脚步，一切都因为疫情而改变了模样。这种改变，对每个人来说都可能是一种考验。

爸爸成了一名支援社区的志愿者。天天早出晚归，帮忙做全员核酸检测。他往往是天不亮就出发，深夜方回来，见上一面都难，就更不用说陪我和妹妹了。妈妈在家每天给学生上网课，忙得不亦乐乎。她今年带的是初三毕业班，看得出她的努力和付出。她希望她的学生都不要因为疫情而影响自己的学业。当然，作为一个小学即将毕业的学生，在度过有史以来最漫长的寒假生活中，我不可避免地也成为线上教育的接受者。只有上幼儿园中班的妹妹，落得个清闲，很享受这不知何日才能结束的美好生活。其实，大家都有各自的事情，妹妹也是一个人在长大。

每天早晨七点，我一个人慢悠悠地洗漱、吃饭，然后坐在书桌前孤零零地早读。没有平时同伴的悄声说话或捧书诵读，只有台灯电流的滋滋声和自己一个人读书的声音，在房间里空空地回荡。那些日子，心里好像丢了什么似的。

于是我只能读书，不停地读、大声地读，试图用读书声弥补心中的缺失。要不说，世上最美妙的还是读书声。慢慢地，晨读成为我的习惯，在晨读中，我对书本更熟悉了、对知识的理解也更深入了。

八点，打开平板，开始第一堂语文课，老师熟悉的声音传来，同学们亲切的面庞出现在屏幕上，一切似乎又热闹起来。坐在屏幕前，我很快投入学习，不时记些笔记，跟着老师思考。某些时候，会有一种自己正坐在教室，身旁都是同学的错觉。可课一结束，退出"教室"，冷清便一瞬间将我包围，心里空寂，一个人，好孤单。有同学环绕左右的感觉真好，我以前怎么就没有发现呢！回想起往日教室里，大家前拥后挤的情形，不禁莞尔。多亲切的场景，多思念的画面。

为了消磨这孤单，我只好通过学习去冲淡。有时坐在飘窗上，打开窗，让风漫进房间，扑在身上，看着远处的光与影，树木一天天变绿，此刻，玉兰应该散发着幽香吧。楼下有小朋友奔跑嬉闹，许是骑着车在小区里闲逛，笑声很大，夹杂着尖叫。难得的幸福声音，偶尔会传进我耳里，带着春天特有的阳光的味道。

有时候，心里会突然空虚惶恐，像被蛀空了一般。于是我深呼吸，将脸贴近窗，渴望得到玉兰花香的救赎。我希望它深幽的花香能飘到楼上，携带着春天的气息，抚慰我的心灵。玉兰的花香很特别，总能令我感到安宁。但这显然不可能，它无法到达22楼的高空。我只好尽力想象，仿佛我的窗前就有一枝玉兰，紫红的花瓣，玉立着，雍容华丽。花香弥漫，冲开鼻孔，溢进心中，只一瞬间，心里就得到了满足。

日复一日，我做题、看书，或趴在窗前想象着那棵玉兰树。我竟渐渐习惯了孤单。习惯了孤单，便不再孤单，便能够静下心来，与自己相处。我的心里，开出了两朵硕大的玉兰花。我惊喜地发现，春意是愈发浓稠了。

在这个特殊的时期，大家都只能宅在家里上网课，一个人读书学习。孤独是难免的，但我们要学着克服，学会独处。我很幸运，有一棵自己想象出的玉兰树陪着。在这个不曾有过的春天里，我学会了一个无比重要的生存技能。与孤独共存，和自己相处。

突如其来的改变，难免有意想不到的感触：孤寂、烦闷、辛苦，还有一些莫名的担忧，但是，成长也就潜藏在这些情绪里，不知不觉中，我们便学会了很多、成长了很多。

感谢这个不曾有过的春天，也是弥足珍贵的春天。

2022 年 6 月于苏州

温　暖

　　暑假里，我们一家回到了老家江西宜春，与从四面八方赶过来的亲戚朋友，共同庆祝我的老姥爷——汤克敏老先生百岁生日。

　　去江西的路上，妈妈给我梳理了家族辈分关系。我粗略算了算，仅老姥爷一人留下的后辈就有三十多人，再加上老姥爷的兄弟姐妹，还有堂表兄妹繁衍的后辈，不得好几百人了。

　　"是啊，我们可是一个大家族。这就叫分枝散叶，知道吗！"

　　我们是在老姥爷生日的前一天到的。经过十多个小时的长途奔波，我们到达老姥爷家的时候，夕阳正好洒下金色的余晖。一下车，就见到老姥爷坐着轮椅守在大门口。

　　我跟着爸妈，向亲戚长辈打招呼问好，然后直奔老姥爷面前。

　　"这是胡佳，小英的女儿，这是胡佳的女儿……"推着老姥爷的姨外婆一一介绍着我们。其实，以前的每个寒暑假我们都基本回来了，每次都会抽很多时间去看老姥爷。老姥爷年纪大了，总是忘记。

　　姨外婆说完，老姥爷似乎想起来了，布满皱纹的脸上露出了笑容，很温和、很柔软，一种发自内心的欣喜，简单又醇厚，像极了孩子。他嘴里不停地说："哦，好，好……"那声音依旧厚实沧桑，有些浑浊，力量里透着温度。他一边点头，一字一字，声音短促。

　　我走向前去，握了握老姥爷的手——很大、很粗糙，布满沟壑，但让人觉得很安心。那是一双温暖的手。

　　到了第二天，也就是生日当天，各个地方的亲戚朋友都聚到了一起，屋里屋外到处都是人。喧闹声、嬉笑声、说话声，还有喜庆的音乐此起彼伏，天空中绽放的烟花爆竹，使得场面更加热闹。

厅堂内，主持人身披大红围巾开始讲话，生日大典正式开始。儿子女儿、侄男侄女，孙子孙女，重孙重孙女，一一向前拜寿。一套流程走过后，我的舅姥爷，也就是老姥爷的儿子，上台致答谢词。从答谢中，我得知，老姥爷年轻时自己学医，勤奋努力，后来成了一名军医，随部队一道出生入死。军医退伍后，又分配到医院工作，在南庙镇卫生院从最基层的医生做起。

老姥爷一生，帮助过许许多多的人，他用医者仁心抚慰、温暖了一个又一个生命。

看着老姥爷身着大红对襟布衫坐在沙发上，子孙绕膝。大家脸上都洋溢着喜悦的笑、幸福的笑。老姥爷一共养育了四个子女，最小的女儿今年也六十几岁了。他们都已经成为爷爷奶奶、外公外婆了，他们的头发也开始变得稀疏，脸上有了皱纹，他们的身体不再那么硬朗，他们的神情有时也许有些憔悴……但无论如何，他们在老姥爷的眼里永远是个孩子，哪怕到了八十岁，只要还有父母，就还能像个小孩子一样赖着撒娇，就还能感受那种喜悦和温暖。那是一种流淌在血液里的力量，那是一个人本身所自带的温度。

"父母在，人生尚有来处；父母去，人生只剩归途。"爸爸妈妈的存在，有时并不在于他们能给予你多少，能帮助你多少，而是仅就这个存在，就能给你一种安定、一种力量。

存在本就温柔，父母仍旧温暖。

忽然想起东野圭吾在书中写过的一句话：有时候，一个人只要好好活着，就足以拯救某个人。

我想，老姥爷也是这样的。

2021 年 10 月于苏州

217

幸福一直都在

很多年后，我仍然忘不了那个海棠般清新的早晨。

那时，春天已经来临，小区里此起彼伏绽放的鲜花，改变了人间的颜色。我和外公坐在餐桌前，边吃早餐边聊天。我听他讲述近四十年来，我们的生活发生的翻天覆地的变化。

外公说：四十年前，人们的物质生活非常艰苦，大部分人只有在逢年过节的时候才能吃到肉，而现在我们每餐都可以吃到丰盛而美味的佳肴；四十年前，电话都是很多人家共用的公共电话，而现在人手一部手机，甚至连小学生也有电话手表了；四十年前，汽车非常稀少，现在几乎家家户户都有汽车，很多家庭还不止一辆……

我知道，这些变化的背后，是一个个为美好生活而默默付出、辛勤劳动的普通人，他们汇聚成了整个国家不断前进的巨大力量。

外公告诉我，以前的生活虽然艰苦，但也因为充实而有另一种独特的快乐，那是一种精神上的享受。砍柴、打猪草、种菜、放牛、挖竹笋、爬树……那些岁月里的"苦"如今想来也是一种"乐"，非常让人怀念。

生活和岁月就像湖水一样，永远地向前流淌。一些故事就藏在外公的白发和皱纹中，听着这些，看着窗外又一年春天开出的花朵，吃着美味的早餐，我觉得自己幸福极了。

2017 年 5 月于苏州

（原载《西部散文选刊》）

秋夜的交响

这是一个柔和的夜。

清代的张潮说过："春听鸟声，夏听雨声，秋听虫声，冬听雪声。"今晚，我与妈妈来到了楼下，听起了这秋夜的交响。

月光洒在树上，洒在花上，洒在草上，还洒在了潺潺的溪水上。"歌唱家"们和"演奏家"们就在这披着一层银纱的美丽地方，唱起、奏起了更美丽的音乐。

蝈蝈和蛐蛐"吱吱唧唧"的声音好似悠悠的笛声在深林间徘徊，又如桂花的清香沁人心脾。它们一边唱歌，一边跳跃、舞蹈，让小区里到处充满着它们优美动听的歌声。

在这初秋时节，虽不如夏天那么燥热，但这蝉鸣声与蛙鸣声却丝毫没有减退。蝉这位音乐家在树上忘我地拨弹着琴弦，放声歌唱，好像永远都不知疲倦似的。这蝉鸣声与炎炎夏日时的有所不同，变得更加委婉、含蓄了些。而青蛙这资深的音乐家则一边"呱呱呱，呱呱呱"地叫着，一边熟练地拍打着"水鼓"。那声音如同风铃摇动时发出的一样俏皮、欢快；又如泉水流淌时发出的一样清脆、活泼。

啊，我爱秋夜，但我更爱那秋夜的交响！

2020 年 5 月于苏州

（原载《西部散文选刊》）

绿萝的自述

　　我是一盆绿萝，一盆主人亲手栽种的绿萝。

　　我住在阳台上，透过玻璃门可以看到客厅和餐厅的景象。沙发是暗紫色的，后面的墙上有着两个小黑脚印，中间放着一张不大不小的玻璃茶几。记得那时沙发和茶几还老吵架，争谁的用处更大，当时我都快被他们烦死了。现在想起来，觉得这也是一种美好的回忆。面对沙发，放着一台电视，灰色的，不大。餐厅里的餐桌椅都是木质的，带着木头本有的纹路，显得自然舒爽。

　　时间使我对那的印象又淡了些，唯一记得的细节就只剩挂在餐厅墙上的四幅油画了，都是自己画的，也算不上特别精致。这屋子整体给人的感觉就像没变成公主前的灰姑娘一样——简单朴素。

　　有一次，家里来了一位客人，是隔壁的邻居。客人还带着一只叫默儿的猫。他的眼睛绿莹莹的，幽幽的，夜里见了怪可怕。他的毛是黑色的，有几块灰色的花纹。尽管他长得挺可怕的，但相处了一段时间，我俩成了好朋友：他是一只特别有趣的猫，阳光灿烂的日子里，他会用他肉嘟嘟的手演一场皮影戏，我是他忠实的粉丝。天气阴郁心情也糟糕的时候，他会一边声情并茂地讲着笑话，一边手舞足蹈，我在一旁被逗得前仰后合，顿时忘记了原本的烦恼。

　　每天，一有新鲜事儿默儿就会来告诉我。有一回，他急急忙忙地跑过来，喘着粗气，看上去兴奋极了。

"怎么了？ 这么着急。"默儿指着外头说："你还记得那个叫，叫匹诺曹的家伙吧？"

"当然了，他不就是那个贪玩、贪心、不诚实的小木偶嘛。怎么，他又闯祸了？"

"可不是啊，他今天又从七个小矮人那里骗走了一罐糖。听说他们现在正封锁了玩具城，要抓匹诺曹。这么大的事，我作为猫界记者，一定要报道一下。拜！"来也匆匆去也匆匆，他一溜烟儿，没影儿了。

不知在这住了多久，主人要搬家了。

听到这个消息，我懵了。搬家？我得赶紧去向默儿告别。但我不敢再去见他，我怕见了他就再也舍不得离开。于是，在搬家前一天，我给默儿写了一封信。

亲爱的默儿：

你好。

明天我就要搬家了，搬到哪儿去我也不太清楚，不用来给我送别，也不用伤心。有事就用我上次送你的魔镜联系，我会想你的。

你的朋友萝儿

9 月 13 日

新家很漂亮，我也不再住在阳台上了，而是住在小主人卧室的窗台上。卧室的墙是粉色的，上面有白色的四叶草花纹，白底的窗帘布上绣着娇艳的红玫瑰。窗、书柜、书桌、椅子、衣柜全都是简欧的白色，优雅又华丽。房屋里的地暖和空调使家四季如春，对了，听说这空调还有一个摄像头，若是检测到孩子没盖好被子，出风口便会调整位置，使风不直接吹到孩子身上。呵，真高级！

　　啊，科技进步了，生活变好了，但我还是有些怀念我的旧居，想念我的朋友。

　　一天醒来，我照例拿出魔镜来梳理自己的枝叶，突然，魔镜发出了奇异的紫色光芒，镜面上显现出了一封信：

亲爱的萝儿：

　　你好！

　　这么久没见，不知你过得还好吗，有没有变漂亮呢？我很想你。

　　告诉你哟，匹诺曹变成了一个真正的小男孩，他诚实、勇敢、守信，上学后成绩也渐渐上升，还积极帮老师干活，可乖巧了。我准备去报道一下。

　　祝

　　永远快乐！

你的朋友默儿
6 月 27 日

　　微风轻拂着我的脸庞，我望着窗外那满眼的绿意，那些与默儿嬉戏玩耍的景象一一闯入了我的脑海。我不禁感叹道：

　　除了友谊，一切都在更新；

　　除了回忆，一切焕然一新。

2020 年 5 月于苏州

游树山

树山的暮春，多么的可爱！

我们一家人来到树山的山脚下，首先映入眼帘的便是那朴素的房屋：粉墙黛瓦，古色古香。它们错落着，如此富有生气，显示了日常生活的平静与富足。

在房屋旁，有着一大片梨树。绿油油的叶子水嫩嫩的，遥望着，宛如一片绿色的海洋。一阵风吹过，那"海洋"便泛起了涟漪，好看得很。在阳光的轻拂下，"海面"更是波光粼粼。只可惜此时已是暮春时节，我们没能看见那洁白如雪的梨花。

走过这大片的梨树，拐入小道，就可以看见一片苍翠的竹林。两旁的竹子浩如烟海地耸立着，朦朦胧胧，远看就像一抹绿色的氤氲。再近些，一根根竹子挺拔地矗立着，宛如一个个训练有素的士兵，但它们那笔直的竹竿上透出了一丝嫩嫩的新绿，使那坚韧中又带了几分柔嫩，显得越发美了。

抬头望，淡绿色的竹叶重重叠叠，使照在地上的阳光也碎成了片。竹叶有的微微下垂着，像蒲扇；有的紧紧团抱着，像茸球；有的随风摇曳着，像羞涩的小姑娘翩翩起舞。

穿过竹林，爬到半山腰，一股茶叶的清香扑鼻而来。一行行茶树整齐地排列着，随着山势连绵起伏，层层叠叠，像静止的波涛一般。我摘下一片茶叶，细细观察起来，茶叶大体成椭圆形，与叶杆连接的地方很肥圆，另一头较尖，从直直的主脉伸展出去八条精细一些的叶脉，纹理非常清晰。叶子的边沿处呈齿轮状，一不小心还会划破手呢。

沿着木栈道一路向上爬，各种各样的树木出现在我们眼前。枇杷树、杨梅树、樱桃树、香樟树……各种叶子与果实的香味融合在一起，使空气中多了几丝甘甜，形成了高山上特有的清新气息。耳畔不时传来几声清脆轻快的鸟鸣，整个人仿佛进入了仙境……

一边欣赏美景，一边向上攀登。终于，到达了山顶。我走到凉亭中，扶着栏杆向下望去，树山的美景尽收眼底，静谧的绿色中黑白的房屋时隐时现，像极了一幅淡淡的水墨画。这时，小贩的叫卖声远远传来，仿佛枝头上突然绽放的花苞。

这就是树山，我爱的树山。

2020 年 10 月于苏州

明月山之旅

行李收拾好了，着装整理好了，车子已经到了。

到达目的地后，我们接着前往索道站坐缆车。

坐上缆车的第一感觉就是：好美呀！连绵起伏的青山包围着我们，一川川奔腾的瀑布从山顶飞流直下，壮观极了！看着这青山碧水，脑海里浮现出一句话："这片山海就像停止流动的绿色瀑布。"

说着闲话，看着美景，不一会儿我们便到达了索道终点。

这里离山顶还有一段距离，我们乘坐一辆电瓶小巴士一路兜风到了山顶。

满眼风景美不胜收。那美景看得见、听得着、闻得到。

看，最显眼的要数月亮湖了，它的水碧绿且清澈，水里有各种各样的美丽鱼虾游动。青山环碧水，其次就是山了，山上一棵棵碧绿的树，一朵朵盛开的花，是乘凉观景的好地方。

听，知了、野鸭、湖水……他们组成了一支乐队。这是我为他们写的诗："知了，知了，你在叫吗？不，我在弹那寂静的古筝。野鸭，野鸭，你在叫吗？不，我在弹那悠闲的钢琴。湖水，湖水，你在笑吗？不，我在拉那悠扬的提琴。微风，微风，你在笑吗？不，我在跳那美妙的舞蹈。"

我是乐队的唯一听众，衣裙飘飘，随着风一起为他们舞蹈。

青草的芳香、不知名的花儿的香气、湖水的水汽味……形成了高山上特有的甜甜的空气，让我忍不住贪婪地大口呼吸着。

那晚，在景区酒店，我做了一个甜甜的梦：

蓝月亮　红月亮

青山。绿水。鸟鸣声声。
露珠。月华。光芒万丈。

2018 年 7 月于江西
（原载《西部散文选刊》）

我的得兮妹妹

1

我的妹妹已满月了!

她的模样是这样的:她有红扑扑圆溜溜的脸蛋,有小小的眼睛,睁大了像两颗葡萄;

她有一些绰号:比如大胃王、表情王、睡眠大王、小企鹅……不过怎样都可爱极了!

这些绰号都有它的来历,比如小企鹅的来历是:她长得非常像小企鹅,特别是她吃奶的样子,小嘴巴一吸一吸的,而且吃饱了以后摆出一副醉醺醺的样子,有时还张开嘴吐出小舌头呢!

2017 年 6 月于苏州

2

我们家有一只可爱的小猴子,那就是我的妹妹。

她不仅跑得快,而且很灵活。尽管妹妹才两岁半,但如果让她先跑 30 秒的话,那我就得拼尽全力才能追上她。有一次我体力不是很充沛,只让妹妹先跑了 10 秒不到,后来,我跑得都要趴下了,她还在前面活蹦乱跳的呢!

她有一招"杀手锏",叫作"请叫我泥鳅"。她一般会在想逃脱出某人的怀抱时使用，你要是看到了，肯定会惊叹她的灵活度。有一次我们在游乐场里玩，到了回家的时间，她不肯回去，妈妈打算强行抱她回家，当妈妈的手刚抓住妹妹并把她拎起来，妹妹就使用了这招"请叫我泥鳅"：只见她两手高举，双腿伸直，身体变成一条直线，然后用力扭动身体。一下、两下、三下，成功逃脱！我和爸爸在一旁看得哭笑不得。我的妹妹是不是很像一只猴子？

妹妹瘦瘦的，30个月大时只有22斤左右，眼睛大且饱满，像两颗玻璃球，整个人长得像极了猴子。

她还具有猴子的聪明特质，一天，我教了她"hello、cat、dog、sweet、blue"这五个单词。过了两天，我又问妹妹这几个单词的意思，她都对答如流，惊人的记忆力让我叹为观止。

2019 年 12 月于苏州

3

只要有了弟弟或者妹妹，就算是姐姐了吗？不，还真不算是。

作为一个姐姐，首先你要懂得宽容，能受委屈。三年前，那个懵懵懂懂的我，以为妹妹就是一个能动会说话的小娃娃，无聊时能拿出来玩玩，有事时扔一边就行了，从没有想过她哭闹时、撒泼打滚时、硬缠着你不放时，会怎样。

"你想要这个妹妹吗？"

"当然想！"这是我毫不犹豫脱口而出的回答。

等妹妹出生之后，我才悲观地明白，我与她之间已经没有什么我所认为的"公平"了。

有一次，我和妹妹在玩，妈妈躺在一旁看手机。忽然，"啪"的一声巨响，妹妹挥舞着的小锤子不偏不倚砸在了我的额角上。

我顿时感到一阵天昏地暗，一粒粒豆大的泪珠随之涌了出来。

"哎呀！你怎么又打到姐姐了呢？快点说对不起。"

妹妹的小脸涨得通红，虽然已经完全有能力说出"对不起"三个字，可她就是不说，果敢地选择了哭："哇——"

妈妈一见妹妹哭了，转身又指责起本是受害者的我："你也是的，这么大了没点自护能力。妹妹这么小什么也不懂，再说了力气也不会有多大，不要哭了。"

凭什么，明明是妹妹打了人，为什么是我挨骂？！再说，谁能够预料到她什么时候会用什么东西朝你打来？难道比她大就一定要事事让着她吗？我越想越生气，一头冲进了浴室，准备来一场酣畅淋漓的哭泣。

在"哗啦啦"的水声中，我一遍又一遍地深呼吸，平复着心情。回想一下刚才的事情，细细地分析每一个动作、每一句话。我是不是也有错的地方呢？

妹妹的那一击刚打过来时的确很疼，一点儿不假。可是后来也没有那么疼了，根本不需要一个劲儿地揉啊揉。而且，我平时可是落一滴泪都要避着人的啊。会不会下意识地想博取"同情"呢？

妹妹打人固然不对，但她还小，控制不住自己。我作为一个姐姐应该学会原谅、懂得宽容，不能再像以前那样任性了。

正所谓"人在逆境中成长"。谢谢你，妹妹，让我更加坚强。

作为一个姐姐，还要负责任、有爱心。当你有了弟弟妹妹以后，你的工作与任务会增加很多，照护他们要细致入微、恪尽职守。

有一回我和妹妹在阁楼上玩，我在一旁看书，妹妹玩着她的玩具。一字一句，我读着，不时抬起头，瞟一眼妹妹在干什么。忽然，妹妹说她要看故事书。正看到高潮，我可不想中途打断，于是说："妹妹，你自己去拿吧，就在那个书架上。"我指了指前边。"啪嗒啪嗒"，三岁的妹妹摇摇摆摆地跑了过去。

　　"扑通!"妹妹一个跟头栽倒在地上。她整个人平趴在地上,一声不吭。此时的沉默与以往不同,这不代表她勇敢地忍住了哭泣,而是她需要缓一缓,为待会儿的声嘶力竭积储能量,就像暴风雨前那短暂的宁静。

　　果然,几秒钟后,"哇——"一阵悠长的巨响,一滴滴珍珠般的泪洒了下来。我连忙跑过去抱起她。我一边哄着妹妹一边心中暗暗自责:真是的,静兮啊静兮,你怎么这么不负责任呢?妹妹这么小,你应该时刻跟着她保护她才对。不可以这样把她放在一边不管的。

　　对不起,妹妹。我没有保护好你。但要谢谢你,让我勇敢地担起了责任。

　　做姐姐,要懂得许多,会学到许多。姐姐,不仅仅是一个称呼,更是一种能力和责任的体现。愿每一个人都能做个好姐姐。

　　妹妹,我也是第一次做姐姐,请多指教。

2020 年 5 月于苏州

一袭白衣鏖战，满城樱雨颂歌

绿叶、柔柳、暖阳；

春天、樱花、绽放。

清晨，我漫步着，只为寻求那一缕芬芳……

我走出楼下的玻璃门，感受着这吹面不寒的杨柳风，呼吸着这清凉如水的空气，任那俏皮而又不失风度的阳光洒在身上——好一个可爱迷人的早晨！

面对着这一片绿，我三分慰藉七分惊喜。上次看时，还只有星星点点的几枝呢！是啊，毕竟我已被"囚禁"在家中半个多月了：2020 年的春节，全国人民都被一场突如其来的疫情困住了脚步。

看看现在：这叶子多奇特呀！上边的叶子边缘是金色的，中间是浅的草绿色；下面的叶子都是浅黄色的边，中间是墨绿色的，把上面的叶子衬得更亮了。看！那柳树抽新枝啦！远远望去，像一片淡淡的青绿色氤氲环绕在树枝周围；走近一瞧，沿河的柳树全都随着微风长发飘飘……是啊，什么都阻挡不了春天里生命的蓬勃生长。

漫步着，我看了许久。

蓦地，在石径旁，你们——无数绿意中的一抹白，忽地闯入我的现野。是樱花——武汉的名片！我停下了脚步——不由自主。

在枝头开得那么惊艳，那么茂盛，那么可人。比雪花更洁白，比水晶更纯洁，比蜂蜜更香甜。每一朵花的五片花瓣都均匀地从金黄的花蕊伸展出去，片片都娇艳欲滴。此刻，犹如夜晚天空中闪烁的繁星一样对我眨着眼睛。我怔住了。我咔嚓、咔嚓拍了两张照片。欣喜之余，我又有些心疼你们了。你们起得比迎春花还早，你们在寒风中瑟瑟颤抖。但，你们毫无畏惧之色，还是迎着风展露出灿烂的笑颜……不知怎的，我的眼前，这一朵朵坚强的樱花竟幻化成了一个个白色的身影。寒冷的冬天就是当下的疫情，傲然挺立、义无反顾开放的樱花不就是坚强无畏、夜以继日地奋斗的白衣天使吗？

不错！这一朵，低着头，面朝下面的绿叶——我仿佛看见一位医生，正俯身救治着一位重症患者；那几朵，深情地簇拥着一个花骨朵——我仿佛看到几位护士紧紧抱着一个疫情中的新生命，口罩下面有着深深勒痕的脸上，露出了宽慰的笑容；枝头上最边沿处的那一朵上，沾着晶莹的晨露——我仿佛看到一位奋战了许久的白衣天使脸上豆大的汗珠……

脱去白衣，你们也不过是老人的儿女、丈夫的妻子、孩子的母亲，是最普通的人。我想，你们之所以身负行囊，剑指远方，舍小家为大家，甚至牺牲自己的生命，都是因为你们身上的这身白衣——穿上它，就有了责任和力量。所谓英雄，不过是面对未知凶险时，无畏前行的人！

那一刻，我读懂了它们，亦是他们或她们。

目光从樱花渐移到面前的石径小路。弯弯曲曲，起起伏伏。路如此，人生亦如此，世事更是如此。就连这柔弱、娇嫩的樱花都能凌寒绽放，我们——地球上的主人，又有什么理由退缩？伟大的白衣天使就是我们最好的榜样！唯有战而胜之，才能告慰每一个在这个冬天离去的人。没有一个冬天不可逾越，没有一个春天不会到来，不是吗？

坚强、无畏、奉献；

白衣、中国、希望！

2020 年 3 月于苏州

（原载《西部散文选刊》）

和雪容融过一天

冬天。

一片片雪花悄无声息地来到了人间，洁白、羞涩、温婉。一个淡紫色的身影站立在这银装素裹的天地间，感叹不已。

忽然，"啊——"

那淡紫色的身影，也就是我，循着声音抬头望去：咦，那个又圆又红的东西是什么？只见那"红球"飞快地落下，而且正朝着我！我赶紧往附近的树林跑去。

"咚！"

"呵，这是哪儿啊？"那个"大红球"站了起来，一边拍着身上的雪一边说道。躲在小树林里的我偷偷地打量起它来：红彤彤的身体肉嘟嘟的，脖子上围着一条纯黄色的围巾。大大的红脑袋就像一只大灯笼给人热闹温暖的感觉。头顶和面部的雪块给它一种玲珑呆萌的感觉。再加上头顶的如意福和两个粉嫩的小酒窝，真是可爱极了！

怎么觉得这个灯笼娃娃有点儿眼熟呢？它胸前的标志是，啊，这不就是 2022 年北京冬残奥会的吉祥物——雪容融！

"你好，请问你是雪容融吗？"我走上前去。

"哈哈，没错，你叫什么名字呀？你怎么认识我呢？这儿是哪里？你有空陪我玩一会儿吗？"面对雪容融这一串连珠炮弹般的问题，我先是一愣，随即回答道："我叫张静兮，我是在……"

我话还没说完，它又滔滔不绝起来："你叫张静兮呀，真好听的名字。你为什么叫张静兮呢？我名字里的雪字象征洁白、美丽，第一个容表示包容，所谓海纳百川嘛；第二个融有融合温暖的意思。我的名字里承载着伟大的奥林匹克精神呢！"

　　我笑了笑："嘻嘻，你真是个可爱的话匣子。"雪容融听了，挠着头，不好意思地笑了。

　　一片雪花缓缓地落在了我的鼻尖上。"不如我们来玩雪吧！"说着，我拉起雪容融的手跑向一片草地。"咱们来堆个雪人好不好？""没问题，我最擅长堆雪人啦！"雪容融边跑边滚雪球，不一会儿就滚出了个半人高的大雪球。我也不甘示弱，使出了吃奶的幼儿来滚雪球。但可能是身高的缘故，我的雪球就是没有它的大。

　　"扑通"，雪容融跑得太急了，一个跟头栽倒在地上。只见它四肢挥动着，大半个头都埋在了雪里。我连忙扔下雪球，向它跑去。我两只手紧紧地抱住它肉乎乎的左脚，两腿蹬地，身子向后倾倒，身体里的每一根筋都绷得笔直。"唷。"我擦了把汗。费了九牛二虎之力，终于把雪容融从雪里拔了出来。"容融，你没事吧？""我没事，真对不起，让你担心了。""不要紧，不过以后可得小心了。""嗯。"

　　我们俩滚了两个两人合抱大的大雪球，稍大的放在了稍小的上面。乍一看，还以为又冒出了个白色的雪容融呢！我找到了两根长度差不多的树枝来做雪人的手臂，雪容融找到了两颗圆润乌黑的石子来做雪人的眼睛。

　　"那雪人的帽子、鼻子、嘴巴和围巾呢？"我问道。"简单。"雪容融打了个响指——哇！用来当帽子的铁筒、当鼻子的胡萝卜就出现了。"还有嘴巴和围巾。"我说道。

　　"嘴巴就不要了吧，像我一样，挺可爱的。"

　　对呀，和雪容融玩了这么久，我竟然都没思考过，它没嘴巴是怎么说话的呢。

"那你用什么说话的呀？"我问。

"只有最最善良、纯洁的灵魂才能听懂我的语言。"雪容融一边摘下围巾一边说，"为了纪念我们的友谊，我决定把我的围巾送给这个代表了我们友谊的雪人。"说完，它郑重地给雪人围上了围巾，此时，纯黄色围巾在夕阳的照射下散发出了闪耀的金光。

落日的酡红淡了，远处青碧的群山在黛青的夜色中渐渐隐没了。天边的第一颗星星隐约发出了光亮。雪容融向那个紫衣姑娘道了别，飞走了。

"丁零零，丁零零。"闹钟把我叫醒了。这一切都只是个梦呀？我不相信，便迅速裹了件晨衣，来到阳台上向下望去。一个围着纯黄色围巾的雪人站立在那银装素裹的天地间，熠熠生辉。

2020 年 6 月于苏州

幸福有声音

　　薄薄的一层水彩涂在天空，是秋日特有的湛蓝；田间，一大片一大片的稻子沐浴着阳光，一直连绵出去，亲吻着天际线；柏油路旁的香樟投下一团团的树影，伸向远方。

　　一阵风起，稻田里掀起金色的波涛，一浪接着一浪。饱满的谷粒低垂着头，稻草随风摇摆，发出沙沙的声响——那声音温柔质朴，装下了鸟儿的叽喳，阳光的笑声，厚实而淳朴。风一过，秋天便有了声音。

　　同学们戴上厚厚的黑手套，握着镰刀，走进田里，收割稻谷。双脚踩进地里，踩在黝黑的泥土或铺在泥土上的稻草上，发出好听的吱吖声。人类的祖先大约是从地里走出来的，现在回归土地，真真正正地站在大地上，有一种亲切的归属感。每走一步都会发出一声稻草折裂的声音。声音传进耳朵里，才会感觉确实踏踏实实地走了一步。

　　近处的田，远处的地，都有同学们割稻谷的身影：或蹲下身来，与金黄的庄稼一般齐平，右手拿着镰刀，左手抓着稻子，嚓嚓两声，收下自然的馈赠；或握一大把刈下的稻，站在秋风里，绽开笑颜，炫耀自己的收获；或兴奋地在稻田里跑来跑去，一阵风似的，一不小心就压倒了一片齐腰高的稻子……路边，几个人在脱粒。稻谷打在木条上，飞溅出来，啪啪嗒嗒落了满地。

　　天的蓝与稻的黄相得益彰，少年的笑声嘻嘻哈哈，散落在田间。泛光的镰刀一翻飞，成熟的稻谷被割下，丰收便有了声响。

　　我抱着割下的稻谷，一大捧在我的臂弯里，沉甸甸地压在身上——那是生命的厚重感，就仿佛收获了整个秋天。稻草淡淡的馨香溢满鼻间，几颗椭圆的谷粒滚落进衣襟，弄得身上痒痒的；一束束稻谷，堆得遮了我的眼，黄里夹杂着几抹绿，抱在胸口，发出沙沙的声音，一种幸福感油然而生：只有亲身经历后才明白，丰收的喜悦不仅仅是能吃饱穿暖，过上好日子的喜悦，更是当你看到稻谷成熟，当一捧捧的收获就在你的手间，当天地露泽之孕育、自然的馈赠摆在你面前，你体会到了生命的美好。

稻谷庄稼，世间万物的春生夏长、秋收冬藏浮现在你脑海里，生命的滋养、成长、贡献被你觉察——此刻，你意识到生命存在的本身就是幸福的。

春天的种子，血液流动的抽芽的声音；夏天的苗儿拔节长高，根脉深扎泥土的声音；秋天人们拿着镰刀，下地收获的声音……这一切生命的礼赞，都是幸福的声音。

2022 年 10 月于苏州

梦

　　一个影子幽幽地在照明灯下走过，缓慢、疲倦。现在是凌晨一点多，大街上空无一人，只有草丛深处偶尔传来几声凌厉的猫叫。

　　我就是影子的主人，那个正在欣悦南路漫无目的行走着的女孩。我不知道自己从何时走起，更不知道自己究竟要走到哪里。不知不觉中，我走到了那个熟悉的池塘边，停下脚步，呆呆地望着水中自己的倒影。

　　我就这样痴痴地站着。不知站了多久，我忽然发现，水中多了一个影子。我有点害怕，我想知道那留着长发的人是谁，来干什么，她为什么悄无声息地站在我身边。时间像静止了一般，过了好一会儿，我迟钝狐疑地转过身，发现站在我身边的是一位衣裙飘飘、眉目清秀、身材窈窕的淑女。我紧张的心顿时消失了。这位姑娘看上去只有十五六岁，正处于碧玉年华。

　　她看着我点点头，笑盈盈地说："你喜欢花草树木、飞禽走兽吗？"我点点头。她一边从袖筒里抽出一支做工精致的笔，一边对我说："那今天就让我赐予你魔力，并带你游览一下夜间的森林吧。"说完，不等我回答，她用笔在我手上画了一个奇特的符号。顿时，我觉得有一股暖流涌上心头，浑身充满了能量。她拉起我的手，脚一踮——天啦，我们飞起来了！"别害怕，"那姑娘说，"用意念飞！"她松开我的手，我一开始还有些紧张，但后来熟练了点，就有些"胆大包天"了。我时而翻个筋斗，时而快速旋转，时而向云朵招手，时而向月亮点头……不一会儿，我们就到达了森林。

森林里热闹极了。蝈蝈和蛐蛐唱道："圣洁的月光，照亮我心房，花草芬芳，树木葱茏，飞禽走兽齐欢唱……"大树摇动着沙锤，微微摇摆身体。小草和小花手挽着手，一边忘我的跳着舞，一边轻声为蝈蝈和蛐蛐伴唱。小溪在一旁拍打着石鼓，情不自禁地甩动着长发。来观看演出的观众小至蚂蚁、瓢虫，大到棕熊、老虎，没有一个不是陶醉在音乐当中的。我发现，我听得懂植物和动物们说的话了。

当早晨的第一缕霞光照到森林时，演出结束了，我的魔力也消失了。我疑惑地问那姑娘："你到底是谁？"她并没有直接回答我，而是说："花草树木，飞禽走兽。生息枯败，新生陈亡。吾命其之！"我不解地眨了眨眼睛，竟然就回到了房间。我环顾四周，发现我的书桌上贴了一张纸条，上面写着：

有空再来玩哦！

——山神

2020 年 3 月于苏州

（原载《苏州日报》）

道法课上

　　"大道之行，天下为公，选贤与能……"道法老师饱满而光亮的大额头，泛着智慧的高光，后移的发际线是绝对的"聪明绝顶"，总含着菩提般慈祥目光的眼睛微眯着，大嘴巴轻吐着《礼记》中的词句——每一节道法课总能看到这样的情景。

　　我们的道法老师很特别，无论何时遇到他，都是一副笑眯眯的样子，走路也是慢条斯理的，总带着一种佛怃的光辉。

　　周三这节道法课讲《少年有梦》，他便开始和我们谈"少年梦"与"中国梦"的紧密联系。没讲几句，他忽然停住了，轻轻向前迈一步，双手抬起，像要宣布一件重要的事一般，仍用他特有的轻飘飘的声音说："哎，你们知道中国梦与美国梦的区别吗？"

　　"美国梦是白日梦！"他顿了顿说，"中国梦叫目标，美国梦就是梦。"班里一下子炸开了锅，大家七嘴八舌地嚷着，议论声、笑声不绝于耳。

　　老师仍不紧不慢地示意大家安静，讲道："美国的确喜欢做梦，而且都是美梦！"他返身走上讲台，用一整面黑板画了一个大大的符号：四个"韭"字分列东南西北四方，脚跟靠着脚跟，中间是一个大大的"口"。"这就是他们的价值观：割韭菜！"教室里又是一片哄然大笑，而他却十分正经地说："真的，就是这样的。他们把人当韭菜，随时都能把你吃掉。"随后，他便讲起了美国"印钞""打工"的事。

　　"所以说，美国经济不好了，就开印钞机。因为美元是国际货币，多国通用，而中国人就不一样了。"他又用另一整面黑板画了一个大大的符号：一个从中心出发，不断旋转的不封闭的圆圈，像一盘巨大无比的单盘蚊香。

他徐徐转身，用他招牌式的笑容面对我们，一边踱着步一边讲："中国的梦啊，是一切合一，就像黑板上的那一团一样。"大家忍不住又是一阵笑声。

他告诉我们，最早聊到中国梦的，便是《礼记》。古人对美好生活的向往，就是"老有所终，壮有所用，幼有所长。矜寡孤独废疾者皆有所养"。这便是"大同"了。滔滔不绝如黄河之水奔涌，讲述那所谓太平盛世，满脸陶醉的神情，流露着更加明显的佛性光辉了。

"古代还有一个人，他就很厉害了。我们刚说美国把人当韭菜，中国就把人当人。这个人呐，他不得了，把人当蝴蝶。"说着，立刻站直了，双手摊开，眉毛上扬，眼睛睁得大大的，一副惊奇又赞叹的样子，激动的语气引得大家乐呵呵的。

噫，本来是"少年有梦"，怎地就谈到了中国梦与美国梦，又怎乎是"割韭菜"和"大圆圈"？此也罢，便又扯开去说"庄周梦蝶""南柯一梦"了。于此，不免又大谈古人之智慧，念诵几句古文出来了。

所以，我们的道法课，总是天马行空、笑声不断的。也常常要变幻为语文课，大家齐声念几句："古之欲明明德于天下者，先治其国；欲治其国者，先齐其家；欲齐其家者，先修其身；欲修其身者，先正其心；欲正其心者，先诚其意；欲诚其意者，先致其知；致知在格物。"又或是"天之道，其犹张弓乎？高者抑之，下者举之，有余者损之，不足者与之"。还有"三十而立，四十而不惑，五十而知天命，六十而耳顺，七十而从心所欲，不逾矩"。甚而至于"身是菩提树，心为明镜台"。什么"经史子集""儒释道佛""六祖坛经"，皆有涉猎。

我们的道法课上，总有老师那戴着"小蜜蜂"却依旧那么"缥绯朦胧"的小到后排同学会听得云里雾里的声音，用老师自己的话说："这种东西，就该这么云里雾里地听。"

我们的道法课上，总有着层出不穷的故事。这位"特别"的老师，会带着我们探索这特别的世界。

2022 年 9 月 18 日于苏州

爱的银光

在海的最深处，是一个美丽而梦幻的国度。海王有七个人鱼公主，她们的皇冠上分别嵌着代表美丽、勤奋、温柔、谦虚、诚实、乐观和智慧的七颗珍珠。其中戴着智慧皇冠的小人鱼公主最漂亮、最可人，也最受长辈疼爱。

人鱼公主们的好奇心都很强，她们非常渴望到海面上去看看，但族中有规矩：严禁未满15岁的人鱼浮上海面。

小人鱼公主等着，盼着，煎熬着。看着姐姐们一个个自由浮出海面，心中越发焦虑，那颗想浮出海面的心实在是按捺不住了。好几次，小人鱼公主都想打破族规，但想归想，始终没有越雷池一步。

终于等到15岁了，小人鱼公主总算可以去看看外面的世界了。

小人鱼公主游到海面，呼吸着新鲜的空气，别提有多高兴了。一艘艘大船就在不远处缓缓行驶着。大船上的人们载歌载舞，有说有笑、热闹非凡。小人鱼公主立刻被这欢乐的场景吸引了，情不自禁地跟着跳起来、舞起来。但她并不知道，大船上的人们是在给年满18岁的王子庆祝生日。

忽然，海面上风起云涌，海涛呼啸，天上也顿作倾盆大雨。大船在海面上随波起伏，狂风中，桅杆被吹断，船上的桌椅等物件忽上忽下忽左忽右，人们在甲板上也乱成一团，撞击声、尖叫声、哭泣声，各种声音绕在一起，混沌一片。

船翻了。

　　善良而智慧的小人鱼公主不顾一切，冒着生命危险朝离自己最近的落水者飞速游去。她使尽各种办法，艰难地把那个人推到了岸边。然后又返身去救其他的人。小人鱼公主最先救的那人，正是王子。但她毫不知情，她只是不想让那么多的生命被吞噬。

　　其实，王子当时并没有完全昏过去，他还有些知觉，隐隐约约中，王子看到了小人鱼公主飘逸的秀发，以及她头上闪闪发光的皇冠。

　　后来，皇家救援队赶来了。小人鱼公主赶紧躲起来，想游回海底。就在那时，一股强大的回流卷来，把她那顶光芒四射、精致无比的皇冠给冲走了。小人鱼公主还浑然不觉。

　　当小人鱼公主回到海底时，她看见一群人正在挖土，搬砖，砌墙。她觉得奇怪，便去见父王。海王说："我决定挖一个游泳池，那些人正在施工呢。到时候瓷砖就贴你最喜欢的蓝色和白色，怎么样？"小人鱼公主虽然莫名地觉得有些蹊跷，但还是不明觉厉地点了点头。

　　小人鱼公主来到大姐姐的房间，想把在海面上发生的事情告诉她们，却发现大姐和二姐正在一起，聚精会神地缝着什么东西。她上前去问道："姐姐，姐姐，你们在缝什么啊？"金发飘飘的二姐说："我们在缝裤子，就是陆地上人们穿的那种。"小人鱼公主心里更加疑惑不安了，而且还有些惶恐——一种她自己也不知道为什么的惶恐。她轻轻地回了一声"哦"，就游开了。

　　游回自己的房间，小人鱼公主一屁股坐在梳妆台前，思前想后，弄不明白眼前发生的一切。不经意间，小人鱼公主朝镜子里的自己一打量，总觉得哪里怪怪的。到底是哪里呢？小人鱼公主盯着镜子里自己的眼睛，苦思冥想了好一会儿，目光不知不觉地移向自己的头顶。

　　"皇冠不见了！"小人鱼公主一拍脑门儿站了起来，代表智慧的皇冠不见了，难怪父王和姐姐们会干出这么愚蠢的事儿。

"没错，在海中本来就是在游泳，建游泳池干嘛！人鱼根本没有腿，只有一条鱼尾，还要缝裤子干嘛！"

"皇冠一定是掉在我救人的那里了。"小人鱼公主想。她刚准备起身，祖母来了。老祖母让小人鱼公主坐下，握着她的手，说："孩子，跟我讲讲你在海面碰到的事情吧。你姐姐们每次可是一回来就把遇见的各种事情，从头到尾讲给我听的，又对我问这问那的。你头一次出海，怎么一声不吭的。"就这样，小人鱼公主和老祖母聊到了深夜。还好，老祖母也没有发现小人鱼公主的皇冠丢了。

"当当当。"老祖母走时，已是午夜12点了。小人鱼公主想，今天太晚了，还是明天一早再去找吧。

第二天清晨，当第一缕阳光照在海面，照在岸边小人鱼公主的皇冠上时，小人鱼公主便起身出发了。她朝昨天大船失事的海域游去，心中有一丝淡淡的担忧。

"哦，谢天谢地！"当小人鱼公主看到自己的皇冠正静静躺在岸边时，悬着的心总算落地了。

其实皇冠是皇家救援队在打捞尸体时找到的，那场灾难淹死了好多人。王子记住了那顶皇冠，他很想再看看救他的那位姑娘，他猜想，姑娘一定会回来寻找皇冠的，便将皇冠放在岸边，自己偷偷地躲在不远处的石头后面，等待。

小人鱼公主戴上皇冠，她褐色的长发在微风中飘扬着，那么柔软，那么轻盈，就像一只无形的手，牢牢地抓住了王子的心。她坐在岸边，紫蓝渐变的鱼尾看起来那么梦幻，鳞片闪闪发光，像钻石般耀眼。小人鱼公主细腻的手抚摸着金黄的沙，水晶般明净的眼睛望着深沉的大海，湛蓝的天空。她的脸上泛起了愉悦的红晕，两瓣红唇张合着——她用那独特甜美的嗓音唱起了人鱼之歌。

这一切都是那么真实，真实得像假的。一旁的王子看得入迷，

纯净的眼神像海水一样温和。

王子爱上了小人鱼公主。

小人鱼公主唱完了歌，就钻进海中游走了。王子换上带来的潜水装备，跟着小人鱼公主游啊游，来到了海底。王子被小人鱼公主吸引着，被海王国吸引着，被海里的一切吸引着。现在，他特别想变成一条人鱼，和小人鱼公主生活在一起。

美人鱼的传说，王子在很小的时候便听说过了，他知道想变成人鱼就得找到海巫婆，而海巫婆的住处一定在海水最寒冷、最荒无人烟的地方。

王子鼓起勇气，朝着自己认为有可能是海巫婆住处的地方潜去。

王子找了七个地方才找到海巫婆的住处，在刺骨的寒水中，王子勇敢地用僵硬的手敲响了门。

"谁啊？"一个沙哑的、冷冰冰的声音质问道。

"是我，我是丹麦王国的王子。"

"进来吧。"还是冰冷的声音。

王子说明了自己的来意，并愿意用手上价值连城的戒指当作报酬给海巫婆。就这样，王子变成了一条帅帅的人鱼。

王子兴奋地看着自己青绿渐变的鱼尾，乐不可支地朝着城堡游了过去。

此刻，城堡中建造游泳池和姐姐们缝补裤子都停工了。小人鱼公主正庆幸自己及时找回了皇冠时，忽然，一把被王子拉住了。"就是你。当我从船上掉进海里的时候，就是你不顾危险把我救上岸的。"

"你是谁啊？"小人鱼公主蓝宝石般的大眼睛忽闪忽闪地，瞳孔中流露出一丝羞涩。

王子迫不及待把自己落水被救、放置皇冠、变成人鱼的经过全部对小人鱼公主讲了一遍。

王子讲话的时候，小人鱼公主仔细打量他。他的眼睛是青绿色的，纯洁得没有一丝杂质；他的头发是金色的，像阳光一般温暖。那么完美的轮廓，那么完美的脸庞，还有他讲话时的翩翩风度，以及变成人鱼的那份情谊——小人鱼公主喜欢上了王子。

"我做的一切，都是因为，我爱你。嫁给我，好吗？"

小人鱼公主的脸羞得通红通红的，她低下头，长长的头发遮住了她的脸颊，只露出高挺的鼻梁。

"嗯。"像小人鱼公主本人一样轻柔、优雅、羞答答的回答。

每一只海螺都吹响了欢乐的乐曲，每一棵水草都轻快地飘扬。除了人鱼，海洋里很多素不相识的动物，都来到了婚礼的庆典上。小人鱼公主和王子跳着、舞着，唱着、笑着，他们从来没有像现在一样幸福。

婚礼过后，是夜，小人鱼公主和王子浮到了海面，他们手挽着手走上岸去。

那爱情的见证——皇冠，在皎洁的月光里闪烁着银光。

2020 年 8 月于苏州

后 记

　　"中国文学盛典·鲁迅文学奖盛典"耀眼的舞台上，来了一群读诗的山里娃。"大山一座座串联着／像一个羊肉串／能闻出香味／我可真想尝一尝""蚊子说：／我很受欢迎／我一飞出家门／大家都为我鼓掌"，孩子们写的小诗带着天真和大山的气息。

　　摆在我面前的这本书，《蓝月亮 红月亮》同样带着少年的清纯和明丽，这是苏州市十位05后小作者的合集，一个很有诗意的书名，《蓝月亮 红月亮》，我想书中的小作者，是不是女孩就像蓝月亮，男孩就像红月亮，他们笔下的诗文，相信会得到大家的喜爱。

　　成书过程中得到各位家长的积极支持，也获得了苏州市文联第十二届委员会委员、苏州高新区文联主席、作家协会主席张斌川，苏州青年作家金泓，苏州工业园区新城花园小学副校长陶彩红等老师的热情支持，谨致谢。

　　今后我们将继续致力于青少年的文化建设，多编青少年喜闻乐见的优秀读物，多为青少年作者和读者服务。

　　希望读者朋友们联系我们，提出批评意见和有益的建议。能为你们服务是我们最大的愿望。

韩树俊

2022 年 11 月 20 日　寒山寺南

图书在版编目（CIP）数据

蓝月亮　红月亮 / 韩树俊主编. — 上海：文汇出
版社，2023.4
　　ISBN 978-7-5496-4023-2

　　Ⅰ.①蓝… Ⅱ.①韩… Ⅲ.①散文集-中国-当代
Ⅳ.①I267

中国国家版本馆 CIP 数据核字（2023）第 066240 号

蓝月亮　红月亮

主　　编 / 韩树俊
责任编辑 / 熊　勇
装帧设计 / 书香力扬

出版发行 / **文匯**出版社
　　　　　　上海市威海路 755 号
　　　　　　（邮政编码 200041）
经　　销 / 全国新华书店
印刷装订 / 成都兴怡包装装潢有限公司
版　　次 / 2023 年 4 月第 1 版
印　　次 / 2023 年 4 月第 1 次印刷
开　　本 / 880×1230　1/32
字　　数 / 185 千
印　　张 / 8.25

ISBN 978-7-5496-4023-2
定　　价 / 78.00 元